Dieses Buch ist allen Menschen gewidmet, die sich das Recht zur freien Meinungsäußerung und zum selbständigen Denken nicht nehmen lassen wollen. Mögen diese weiterhin die Mehrheit bleiben und mutig dafür sorgen, dass Minderheiten alleine durch lautstarke und medienwirksame Aktionen Andersdenkende nicht mundtot machen und wieder an die Macht gelangen können. Aus Respekt vor den Millionen von Opfern des Kommunismus dürfen wir alle nicht zulassen, dass sich die Geschichte wiederholt!

Eduard Sworski

Eduard Sworski

GRÜN IST DAS NEUE ROT

© 2013 Eduard Sworski

Lektorat/Korrektorat: Angelika Fleckenstein
spotsrock.de

Verlag: tredition GmbH, Hamburg
ISBN: 978-3-8495-6828-3
Printed in Germany

Kapitel 1

Michail war ein großgewachsener junger Mann. Obwohl er die meiste Zeit Bücher zu seinen Lieblingsthemen las, nämlich Politikwissenschaft und moderne Geschichte, schauten seine riesigen Hände so aus, als ob er den ganzen Tag an irgendeiner Maschine arbeiten würde: rau und fest. Sein Großvater sagte immer voller Stolz: „Du hast die Hände eines ehrlichen Proletariers!" Michails Körperbau verriet aber, dass er körperliche Arbeit nicht gewöhnt war: schmächtig und fast schon zerbrechlich. Er verabscheute auch jegliche körperliche Betätigung.

Michail wuchs ohne finanzielle Sorgen auf. Sein Urgroßvater hatte gut gewirtschaftet. Er war ein wichtiger Mann früher, als das Land noch stark und groß war. Später, als Urgroßvater alt wurde, blieb er ein gefragter Mann, der für viel Geld Reden hielt und Interviews gab. Außerdem waren seine Bücher ein großer finanzieller Erfolg. Der Urgroßvater hatte es trotzdem geschafft, die Öffentlichkeit darüber hinwegzutäuschen. Alle glaubten, er sei zwar nicht arm, aber auch nicht reich. Und das war gut so, denn seine Feinde (und davon hatte er verdammt viele) hatten einen Angriffspunkt weniger.

Michail war stolz, den gleichen Vornamen wie sein Urgroßvater zu tragen. Er hatte leider seinen Urgroßvater nie kennengelernt, fühlte sich aber im Geiste mit ihm sehr verbunden. Er verehrte ihn regelrecht und hätte am liebsten jeden mit seinen kräftigen Händen erwürgt, der es wagte, die Erinnerung an seinen Urgroßvater in ein schlechtes Licht zu stellen.

Michail hatte all seine Bücher gelesen, seine Reden fast auswendig gelernt. Er konnte nichts darin finden, kein einziges Wort, keinen einzigen Gedanken, mit dem er nicht einverstanden gewesen wäre.

Michail war auf dem Weg zum Haus seines Großvaters. Da dieser natürlich seinen Vater kannte, war er in der Lage, dem Urgroßenkel, also Michail, Informationen aus erster Hand geben zu können, die mit Sicherheit der Wahrheit entsprachen. Der Urgroßvater Michail war sein Held, und er hatte Verehrer auf der ganzen Welt. So viele Menschen konnten doch nicht irren! Die anderen aber, die ihn nicht mochten, die irrten. Sie waren auch nicht wenige. Manche sagten, sein Urgroßvater hatte schon immer mehr Feinde als Freunde. Aber diese Feinde mussten sich irren, hatten sie doch nie die Chance, die Wahrheit aus erster Hand zu erfahren, so wie Michail!

Michail beschäftigte sich sein ganzes Leben schon damit, wie er diesen armen Verirrten helfen könnte, endlich die Wahrheit zu erkennen. Er war sich nicht sicher, ob sie einfach als schlecht informierte Zeitgenossen, als zu dumm, um das notwendige spirituelle Niveau seines Urgroßvaters zu erreichen oder als einfache Ignoranten zu bezeichnen wären. Das war auch unwichtig, er musste einen Weg finden, um sie zu bekehren. Notfalls auch mit Gewalt, denn manchmal muss man die Menschen zu ihrem Glück zwingen, wie sein Großvater immer wieder sagte!

Michail hatte seine Eltern nie kennengelernt. Sie starben bei einem Autounfall, als er noch klein war. Viele meinten, das war ein später Racheakt der Ewiggestrigen, die zu dumm waren, um die Ideen seines Urgroßvaters zu verstehen. Sein Großvater sah das ebenso: Es waren die Feinde, die Michails Eltern ermordet hatten. Die Staatsanwaltschaft und die sogenannte freie Presse, die sich wie die Geier auf den Fall stürzten, waren einer anderen Meinung. Sie alle gingen von einem ganz normalen Autounfall aus. Winter, Berge, viel Schnee und die eisglatte Straße sollten schuld am Unfall sein.

Michail wuchs deshalb bei seinem Großvater Boris auf. Er war der Vater seiner Mutter, die sein einziges Kind war. Er wäre wahrscheinlich an ihrem Tod zerbrochen, wenn er sich nicht um den kleinen Michail hätte kümmern müssen. Boris war sein einziger Direktverwandter, die Alternative wäre das Waisenhaus gewesen. Aber dort hätten sie, die Bösen, Zugriff auf Michail gehabt und ihn mit Unwahrheiten indoktriniert!

So nahm der Großvater Michail bei sich auf, um ihn zu schützen und dafür zu sorgen, dass er die richtige Erziehung bekam und vor allem DIE WAHRHEIT erfuhr.

Großvater Boris war ein sehr guter Ingenieur. Kurz bevor er in die Rente gehen konnte, starb Irina, seine Jugendliebe und Genossin auf dem Lebensweg. Er verkaufte alles in der Stadt und realisierte ihren gemeinsamen Traum: ein Häuschen in der Gemeinde oben in den Bergen, weit weg von dieser verlogenen und undankbaren Konsumgesellschaft, die nur auf Leistung und Gegenleistung basierte. Boris und Irina wollten hier in Ruhe von früheren Zeiten träumen, die nicht so materialistisch waren. Zeiten in denen alle Menschen gleich waren, in denen die Gemeinschaft für einen ein Leben lang sorgte: Krippe, Kindergarten, Arbeit, Rente.

Boris fühlte sich am Tod seiner Tochter mitschuldig. Sie waren auf dem Weg zu seinem Haus in den Bergen, um gemeinsam das Neujahr zu feiern, als der Unfall passierte. Michail war schon bei Großvater Boris, weil dieser ihn bereits zwei Wochen zuvor zu sich genommen hatte. Das rettete Michail das Leben. Boris warf sich immer wieder vor, dass nichts passiert wäre, wenn er in der Stadt gelebt hätte. Aber er wollte doch seinen Traum und den von Irina leben! Wer hätte gedacht, dass ihr größter Traum Ivana, ihr einziges Kind, töten würde?

Anatoli, der Vater von Michail, war ein sehr schlechter Autofahrer und hasste es, wenn er selber fahren musste.

Boris wohnte jetzt aber so abgelegen in den Bergen, dass die einzige Möglichkeit, ihn zu besuchen, im Kauf eines Autos bestand. Er hatte lange mit sich gerungen, bevor er dieses dreckige Blechmonstrum kaufte, aber es gab keine Alternative: Ivana wollte ihren Vater regelmäßig besuchen, und er selber hatte Boris auch sehr gerne. Sie dachten gleich und hatten viel gemeinsam. Doch am stärksten verband sie die Sehnsucht nach früher, als alles gut war.

Das Haus hatte Boris mit Bedacht ausgesucht. Es stand in der wichtigsten Gemeinde ihrer Bewegung, weil sich hier die weltweite Führung ihrer Partei befand. Überall auf der Welt gab es Gemeinschaften, die im Kleinen versuchten, das bessere Leben von früher abzubilden. Sie koppelten sich soweit es ging von der Außenwelt ab: Nur gewisse, mit Sorgfalt ausgesuchte Fernsehprogramme durften empfangen werden. Das Gleiche galt auch für alle Zeitschriften, Bücher und vor allem die Besucher: nur Auserwählte kamen hinein.

Dafür hatte jede Gemeinde eine sehr gut ausgestattete digitale Bibliothek. Alle aus Sicht der Parteiführung wichtigen Bücher, Zeitungen, Artikel, Filme und Reportagen aus über 100 Jahren Menschengeschichte waren jederzeit an jedem Ort abrufbar. Damit jedes Gemeindemitglied ständig Zugang zu diesem Schatz haben konnte, stellte die Gemeinde überall kostenlos Lesegeräte zur Verfügung. Das war eben ein Teil dieser vergangenen Welt, von der alle jede Sekunde und mit offenen Augen träumten: Wohlstand für alle. Alle sind gleich, und jeder leistet das, was er kann, ohne mehr oder weniger als andere zu bekommen. Der Starke und Leistungsfähige hat dem Schwachen zu helfen, dem man nicht mehr zumuten kann, als er selber noch verantworten kann und will.

In der Gemeinde von Boris lebten fast nur alte Kader. Junge Menschen sah man kaum. Michail war eins der wenigen Kinder. Darauf war er sehr stolz. Er fühlte sich als etwas „Seltenes" und hatte Umgang mit vielen Erwachsenen, die über viel Lebenserfahrung verfügten. Sie alle kannten diese frühere Ordnung, von der sie träumten, nicht aus eigener Erfahrung. Aber alle hatten das Glück, von ihren Eltern, die allesamt Zeitzeugen waren, die Wahrheit zu erfahren. Böse Zunge meinten, sie alle träumen von etwas, das sie persönlich nur aus Geschichten und Hörensagen kennen, die von Menschen erzählt wurden, welche die Realität nicht wahrhaben wollten und die Gehirne ihrer Kinder nur mit einseitig dargestellten Ereignissen und eigenen unerfüllten Wünschen vergifteten.

Michail kannte all diese bösen Gerüchte. Einmal, er muss fünf oder sechs Jahre alt gewesen sein, fragte er Großvater Boris, ob die Geschichten der Wahrheit entsprachen. Großvater Boris nahm ihn auf seinen Schoß und fragte: „Glaubst du mir?"

„Ja", antwortete Michail.

„Glaubst du, dass ich dich, mein eigenes Blut, belügen würde?"

„Nein, Großvater", sagte der kleine Michail, „du würdest mich nie anlügen."

„Siehst du, Michail, genauso wenig hätten damals die Eltern dieser Menschen hier ihre eigenen Kinder angelogen", sprach der Großvater. „Wieso sollten so viele Menschen auf der ganzen Welt ihre Kinder anlügen? Alles ist wahr, und wir müssen dafür sorgen, dass diese Wahrheit nie stirbt, sondern eines Tages wieder zu der unantastbaren Wahrheit wird, wie es früher war. Diese Wahrheit war damals so stark, dass es keiner gewagt hätte, sie anzuzweifeln. Leider wurde sie nicht gut genug bewacht, wie du siehst. Der ewig-gestrige Klassenfeind wurde leider unterschätzt. Er hat die geistig Schwachen mit falschen Versprechungen auf seine Seite gelockt. Er gab ihnen unnötiges Zeug und vernebelte ihren Verstand. Sie verloren die Wahrheit aus den Augen und ließen sich immer weiter verführen. Ich bin fest davon überzeugt, dass meine Eltern und die Eltern meiner Freunde uns nicht belogen haben."

Michail war glücklich! Er wusste jetzt ganz genau, dass er die einzig wahre Wahrheit kennt. Er wusste auch, dass sein Urgroßvater ein wichtiger Mann im Kampf um diese Wahrheit war. Schon als Kind hätte Michail alles getan, um die Geschichte neu schreiben zu können und wäre am liebsten in die Vergangenheit gereist, um sie zu berichtigen, um *seine* Wahrheit zu retten.

Er verbrachte von nun an viel Zeit damit, sich vorzustellen, wie schön die Welt von heute sein könnte, wenn alles anders verlaufen wäre. Überall wäre es so schön wie in ihrer Gemeinde: mit einer heilen Bergwelt, Natur pur, mit freundlichen Menschen und vor allen Dingen wären sie alle gleich. Jeder erhielt das Gleiche, unabhängig von seiner Leistung. Da gab es Menschen, die versuchten, auf Kosten der Allgemeinheit zu leben oder mehr für sich zu behalten, wenn sie durch ihre eigene Leistung mehr erwirtschaftet hatten. Aber das taten nur diejenigen, die noch nicht soweit waren, die sich noch entwickeln mussten.

Zum Glück gab es die lokalen Gemeinderäte, die darauf achteten, dass alles seine Ordnung hatte. Sie sorgten auch dafür, dass Menschen, die noch jenes Entwicklungspotential in sich trugen, dieses auch ausschöpften. Sie wurden gut ge-schützt an einem anderen Ort geschult, bis sie in der Lage waren, das Glück zu schätzen, Teil dieser Gemeinde zu sein. Nur diejenigen, die sich nicht weiterentwickeln *wollten*, kamen nicht mehr zu-rück. Großvater sagte, sie wurden als Strafe aus der Gemeinde ausgeschlossen und mussten zurück in die Stadt. Man sah sie nie wieder.

Diejenigen, die die Fähigkeit bewiesen hatten, über ihre Grenzen hinauszuwachsen und die Wahrheit zu verinnerlichen, durften zurückkom-men. Es waren nicht mehr die gleichen Menschen, die zurückkamen. Sie waren ernster, ruhiger und vor allem sehr zuvorkommend, nicht so wider-spenstig wie vor der Schulung. Sie wurden zu gu-ten und zuverlässigen Gemeindegenossen, wie Großvater es immer wieder mit Stolz sagte.

Die Parteiführung war für Michael schon im-mer ein Rätsel. Ihre Mitglieder waren wie Götter. Niemand wagte, Ihnen zu widersprechen. Sie ver-hielten sich so, als ob sie alles wüssten und unfehl-bar seien. Wer es trotzdem wagte, seine eigene Meinung zu vertreten, wurde geschult, damit er sein ganzes Potential entfalten konnte.

Michail hatte einmal seinen Großvater gefragt, woher die Parteiführung und die lokalen Gemein-deräte das Recht nähmen, ihre Ansichten als Richt-linie für alle zu definieren und wie sie in diese Position gekommen waren. Denn Wahlen gab es keine in ihrer eigenen heilen Welt.

Das war das erste Mal in seinem Leben, dass Michail glaubte, Angst im Gesicht seines Großvaters zu erkennen. Er blickte hastig um sich herum und sagte zu Michail, dass bestimmte Sachen einfach gegeben sind und dass man sie ohne Fragen zu akzeptieren habe. Die Parteiführung und die Gemeinderäte der einzelnen Gemeinden waren ein wichtiger Teil der großen Wahrheit, die nicht zu hinterfragen war, sondern von jedem guten Gemeindegenossen verinnerlicht und gegen die Feinde, die auch die Feinde seiner eigenen Familie waren, bedingungslos zu verteidigen seien.

Im Laufe der Jahre eignete sich Michail ein sehr großes Wissen an. Sein Großvater war ein hervorragender Lehrer. In der Gemeinde gab es auch andere Mitglieder, die ihr Wissen gerne an Michail weitergaben.

Er entschied sich früh, über Geschichte und Politikwissenschaften so viel wie möglich in Erfahrung zu bringen. In der Bibliothek, im Internet und in vielen Diskussionen mit Großvater Boris und mit anderen Gesinnungsgenossen aus der Nachbarschaft eignete er sich ein umfangreiches Allgemeinwissen an. In Geschichte war das 20. Jahrhundert Michails Spezialgebiet, als ein großer Teil der Menschheit das Glück hatte, in dieser besseren Welt, von der jetzt alle nur noch träumten, zu leben. Er saugte alles Wissen regelrecht in sich hinein, das er darüber finden konnte.

Er fieberte mit, als Lenin die UdSSR ausrief, bekam eine Gänsehaut, als er erfuhr, wie alle armen Menschen befreit wurden. Sie holten sich das zurück, was ihnen gehörte: das Land und die Fabriken und teilten es unter sich auf. Dann merkten sie, dass sie nur gemeinsam stark sind und begannen, die vielen kleinen Privatbesitze zu einem großen Ganzen zusammenzufügen.

Natürlich gab es damals wie heute Menschen, die nicht in der Lage waren, sich zu einem höheren Niveau menschlichen Daseins zu entwickeln. Sie wollten ihren Beitrag zum Wohle des Volkes und der Partei, die Verteidigerin der großen Ideen und Wahrheiten, nicht leisten. Sie mussten damals wie heute in speziellen Gemeinden umgeschult werden.

Dank der gut sortierten Informationen, die Michail von der Partei kostenlos zur Verfügung gestellt bekam, konnte er viele Fotos und Dokumentationen über diese Umschulungen ansehen. Er war erstaunt, wie gut es diesen widerspenstigen Menschen trotz ihres Widerstands erging, denn sie durften auf Kosten der Allgemeinheit leben. Sie hatten alles, was sie brauchten, sie mussten nur endlich über sich hinauswachsen, sich öffnen und die große Wahrheit akzeptieren.

Man war damals zu ihnen gütiger als heute. Diejenigen, die sich partout nicht weiterentwickeln wollten, mussten nicht in den anderen Teil der Welt gehen, in der diese abscheuliche Konsumgesellschaftsordnung herrschte. Michail war erstaunt, zu erfahren, dass diese unverbesserlichen, diese Ewiggestrigen weitergeschult wurden, bis sie sich endlich weiterentwickelt hatten. Sie durften dort ein Leben lang bleiben, wenn es notwendig sein sollte.

Vor allem ein Genosse hatte es Michail sehr angetan: Stalin. Er hatte die Umschulung der Widerspenstigen perfektioniert und so Millionen von Menschen auf eine höhere Entwicklungsebene verholfen. Natürlich hatte er auch viele Feinde und diese versuchten, seine Erinnerung und sein Werk zu beschmutzen. Doch die Fakten sprachen für ihn. Er hatte sein Land so stark gemacht, dass es sogar die Deutschen besiegen konnte. Sein Land war gefürchtet in der sogenannten freien Welt von damals. Dafür war es umso beliebter in den Ländern, die das Glück hatten, von ihm befreit zu werden, um den gleichen Weg wie sein Land zu gehen.

Michail sah sich die großen Aufmärsche auf dem zentralen Platz an, bewunderte die zur Schau gestellte grandiose Macht und beneidete die gezeigten Menschen, die mit glänzenden Augen frei und zufrieden dabei sein und ihren großen Führer bejubeln durften. Er wünschte sich, er hätte dabei sein können!

Gleichzeitig verstand Michail nicht, wie eine so große Macht, die auf einer derart breiten und freiwilligen Basis stand, die über unglaublich viele Bodenschätze verfügte und die größte Armee der Welt ihre eigene nennen durfte, zerstört werden konnte. Er fragte sich, wo all diese Menschen geblieben waren, die auf dem zentralen Platz und überall im Land jubelten, als der Klassenfeind seinen feigen Angriff durchführte. Warum hatten sie zugelassen, dass ihr gemeinsames, hart erkämpftes Glück zerstört wurde?

Michail bewunderte seinen Urgroßvater, der das Land durch Reformen noch stärker machen wollte. Gleichzeitig verstand er nicht, warum dieser nicht besser aufgepasst hatte. Warum hatte er seine und die Feinde seines Volkes nicht besser im Blick behalten? Im Laufe der Zeit sammelten sich so viele Fragen an, dass er Angst hatte, sein Kopf würde platzen. Lange Zeit hatte er Angst, mit jemandem darüber zu reden. Stattdessen las er noch mehr, schaute sich noch öfter Dokumentationen an und versuchte verzweifelt, selber die Antworten zu finden.

Großvater Boris merkte, dass sein Enkel innerlich aufgewühlt war und er kurz davor stand, innerlich zerrissen zu werden. Zwar kannte er den Grund nicht, stellte aber auch keine Fragen. Großvater vertraute darauf, dass Michail ihn zum richtigen Zeitpunkt um Hilfe bitten würde.

Und jetzt war dieser Zeitpunkt gekommen. Michail hatte gerade mehrere Tage und Nächte in der Bibliothek verbracht, sich alles nochmals angeschaut, nach neuen Informationen gesucht, aber das alles machte keinen Sinn. Irgendwas fehlte in dem ganzen Puzzle, als ob jemand absichtlich wichtige Teile versteckt hätte. Eine so stolze Macht, die sich so gut nach außen schützen konnte und nach innen eine uneingeschränkte Akzeptanz in der Bevölkerung hatte, konnte nach historischen Maßstäben nicht quasi über Nacht und von alleine auseinanderbrechen! Dann erinnerte sich Michail an Ilias und sein Trojanisches Pferd. Aber wer war Ilias im diesem Fall und wer versteckte sich in dem Pferd? Auf diese Fragen konnte er einfach keine Antwort finden.

Kapitel 2

Michail kam endlich zu Hause an. Großvater Boris stand auf der Veranda, rauchte seine Zigarette und genoss die untergehende Sonne. Er schaute Michail an und wusste, dass er ihm viele Fragen zu beantworten hatte. Dabei war er sich nicht sicher, ob Michail schon so weit war. Doch er ahnte, dass er es nicht mehr verschieben konnte.

Michail sprang ohne Mühe über alle fünf Stufen hinweg und schon war er oben auf der Veranda angelangt.

„Na", rief der Großvater erfreut, „wie geht es dir, mein Junge?"

„Hallo, Großvater!", antwortete Michail ebenso erfreut. „Ich brauche deine Hilfe! Ich bin auf der Suche nach vielen Antworten, die ich alleine nicht finden kann."

Der Großvater schaute an Michail vorbei auf ein unbestimmtes Ziel und wirkte nachdenklich.

„Ich weiß, Michail, ich habe bemerkt, dass du seit langem eine große Last mit dir herumträgst. Aber du sollst wissen, dass du sie nicht alleine tragen musst. Wir alle hier haben die Aufgabe, dir auf deinem schwierigen Weg zu helfen. Wir werden zwar nicht den ganzen Weg mit dir gehen können, aber wir unterstützen dich soweit wir nur können."

Michail war verblüfft.

„Wie meinst du das, Großvater? Von welchem Weg, von welcher Aufgabe sprichst du überhaupt?"

Großvater Boris räusperte sich, bevor er weiter sprach.

„Michail, obwohl unsere Bibliothek wahrlich sehr gut und umfangreich ist, hat sie gewisse Lücken. Das wirst du sicher bemerkt haben."

„Ja", stimmte Michail zu, „das ist mir sehr wohl aufgefallen. Warum ist das so?"

„Das musste so sein, damit wir dich und unsere Sache nicht gefährden."

Nun war Michail erst recht leicht verwirrt.

„Wie kann die Wahrheit unsere Sache gefährden? Es gibt doch nur eine, und die kennen wir alle. Oder?"

„Ja, aber wie du es weißt, haben sich viele Menschen auf dieser Welt verführen lassen und damit der Wahrheit und unserer gerechten Sache den Rücken gekehrt. Und leider sind diese Menschen momentan in der Überzahl! Deshalb müssen wir sehr vorsichtig sein."

„Erzähl' mir alles, Großvater!", forderte Michail.

Der Großvater lächelte seinen Enkel liebevoll an und nickte bedächtig.

„Was hältst du von einem schönen Abendessen und einem guten Wein dazu? Glaub mir, die Nacht wird lang und wir werden diese Stärkung gut brauchen können."

Großvater stand auf, bevor Michail etwas sagen konnte, und ging ins Haus. In der Küche angekommen, zeigte er Michail seinen Stuhl. Seine Bewegungen waren wie ein Befehl und ließen keine Widerrede zu. Michail nahm schweigend auf seinem Lieblingsstuhl Platz. Großvater drehte sich zum Kühlschrank um und bereitete ruhig das Abendessen vor. Es gab Käse, Schinken, Gemüse und frisches Hausbrot. Großvater kochte nie. Bei den guten Sachen musste man auch nicht kochen, um gut zu essen. Vielleicht weil er nie kochte, bekam er immer mehr und bessere Sachen als die anderen in der Gemeinde. Das war auch so eine Sache, die Michail nicht verstand: Wenn alle gleich sind, warum bekam Großvater mehr und vor allem bessere Lebensmittel?

Großvater legte alles auf den Tisch, holte eine Flasche seines besten Weines aus dem Keller, schnupperte genussvoll an dem Korken und füllte zwei Gläser halbvoll. Er reichte ein Glas Michail und sagte: „Auf unsere Sache, auf die Zukunft und dass du erfolgreich sein wirst!"

Michail staunte über diese Worte. Er konnte seinen Großvater nicht wiedererkennen. Er war plötzlich so anders und wirkte unnachgiebig, hart und fast gewalttätig. Seine Augen glänzten und funkelten, als könnten sie mit ihren Strahlen töten. Michail spürte, wie er versuchte, so klein wie möglich auf seinem Stuhl zu werden. Sein Großvater war geduldig, warmherzig und konnte keiner Fliege etwas antun. Doch wer war dieser Mann?

„So, Michail", hörte er diesen Mann sagen, „ich nehme an, dass du wissen willst, warum unser großes und starkes Land auseinander gefallen ist?"

Michail war sofort wieder ganz bei seinen unbeantworteten Fragen.

„Ja", antwortete er deshalb eifrig, „wie konnte das passieren? Warum sind nicht all die Menschen, die darin glücklich und frei leben durften, auf die Barrikaden gegangen? Wo waren sie? Wieso haben sie ihr Vaterland verraten?"

Er bekam vor Eifer ganz gerötete Wangen. Sein Herz pochte stark und schnell. Der Großvater beruhigte ihn.

„Nun mal langsam, alles der Reihe nach!"

Michail hörte seinem Großvater ganz genau zu. Seine Stimme klang fest und bestimmt, aber auch traurig, als ob der ganze Schmerz der Welt auf seinen Schultern lastete. Er atmete tief ein, streifte sich durchs Haar und machte eine kurze Pause.

Dann redete er weiter. Und da war er wieder ganz sein Großvater: geduldig und lebensklug. Michail war erleichtert. Er spürte auch, dass er jetzt endlich seine Antworten bekommen würde.

„Du hast gesehen, dass unser Land in den 1980er Jahren immer noch sehr stark war. Niemand auf der Welt hätte es militärisch mit uns aufnehmen können. Die halbe Welt gehörte uns und verfolgte unsere Ideale: Gleichheit, Frieden und Fortschritt für alle."

„Ja, das habe ich verstanden."

„In dem Teil der Welt, der sich irreführend 'die freie Welt' nannte, machte sich die Angst vor unserer Stärke breit. Diese Länder hatten sich zwar zu einem Verteidigungsbündnis vereint, sprachen aber nicht mit einer Stimme. Sie waren zerstritten und ihren Göttern 'Geld' und 'Profit' verfallen. Deren führende Nation war die USA, die komplett korrupt war. Sie alle hatten keine Ideale, sie waren von ihren Göttern besessen. Im Mittelpunkt stand die Ausbeutung der Massen, die sich wie Schlachtvieh ohne eigenen Willen und Verstand benahm und alles hinnahm."

Michail hörte gebannt zu und durchdachte blitzschnell, was der Großvater ihm hier erzählte.

„Warum?", fragte er mit gerunzelter Stirn, „wie können Menschen sich so herumkommandieren lassen? Und vor allem: wie können Menschen anderen Menschen so etwas Schreckliches antun? wer gibt ihnen das Recht dazu?"

„Ach Michail, die Masse ist dumm und braucht eine harte Hand, die ihr sagt, wo es lang geht und die sie zu ihrem Glück führt", erwiderte Großvater Boris und fügte hinzu: „Auch mit Gewalt, wenn es sein muss!"

Da war wieder dieser Blick, der Michail eiskalte Schauder über den Rücken laufen ließ. Großvater fuhr sich mit der Hand übers Gesicht, als ob er ein lästiges Spinnennetz entfernen würde und sprach mit seiner gewohnt warmen Stimme weiter.

„Die meisten Menschen sind sehr materialistisch veranlagt, musst du wissen. Sie sind so hungrig nach dem Materiellen, dass sie alles tun, um mehr davon zu kriegen, auch wenn sie es gar nicht brauchen."

„Wie meinst du das?"

„In unserem Land hat damals ein kleiner Kreis weise entschieden, wie viel jeder einzelne braucht und hat dafür gesorgt, dass er es auch erhält. Essen, eine Wohnung, ein Auto, einen Fernseher, Bildung und so weiter. Alle haben das Gleiche bekommen, alle waren gleich. Und wenn es nichts gab, haben alle nichts bekommen."

„Und wie war es in der sogenannten 'freien Welt'?", wollte Michail neugierig wissen. „Haben die auch bekommen, was sie wollten? Übrigens, warum habe ich nichts in unserer Bibliothek über diese 'freie Welt' gefunden. Keine Berichte, keine Dokumentationen, nichts!?"

„Du kannst dort nichts darüber finden, weil diese Welt sehr verführerisch ist", antwortete der Alte entschieden. „Sie versprüht ein süßes Gift, dem man sehr schwer widerstehen kann. Man muss sehr stark sein, um ihr zu widerstehen. Du wirst es besser verstehen, wenn du sie kennenlernst …, hab Geduld!"

Die Augenbrauen des jungen Mannes zuckten überrascht in die Höhe. Was hatte Großvater gesagt? Er sollte diese 'freie Welt' kennenlernen?

„Wie soll ich sie kennenlernen, Großvater?", fragte er sofort.

Und der Großvater sagte noch einmal: „Hab Geduld!" Und nach einer kurzen Pause, in der er seine Gedanken zu sammeln schien, redete er weiter.

„Nun zu deiner anderen Frage: Man hat den Menschen in der sogenannten 'freien Welt' suggeriert, dass sie frei sind und sich für oder gegen alles entscheiden können. Man hat sie glauben lassen, dass sie überall auf dieser Welt hinreisen können, dass sie frei entscheiden dürfen, wer sie regiert, welchen Fernseher sie benutzen, welches Auto sie fahren und welches Haus sie haben wollen oder wie viele Kinder sie bekommen und ob sie heiraten oder nicht."

„Das ist Freiheit?", fragte Michail zweifelnd. „Das klingt mir eher nach Chaos. Es kann doch gar nicht sein, dass jeder einzelne entscheidet, was er tut oder braucht."

„Genau!" Der Großvater sprach inbrünstig mit kräftiger Stimme. „Aber diese dumme Masse war davon begeistert und dadurch sehr leicht zu manipulieren. Alle wollten einen noch größeren Fernseher und Kühlschrank, ein noch größeres und schnelleres Auto, die Welt bereisen, ein noch schöneres, großräumiges Haus besitzen …. Man suggerierte ihnen, dass sie all das brauchen und durch Arbeit erreichen können. Die dumme Masse wurde zu einer Art Perpetuum mobile: sie wollte viel und arbeitete hart, um es zu bekommen. Dann wollten sie noch mehr und man bestärkte sie in dem Glauben, dass das nur durch noch mehr harte Arbeit erreichbar ist. Und so hat sich die Masse selber ausgebeutet. Richtig reich wurden nämlich nur ein paar. Der Rest lebte in der Illusion, frei zu sein und ein selbstbestimmtes Leben zu führen."

Der junge Mann wurde immer nachdenklicher. Er schaute den älteren mit offenem festem Blick an.

„Verstehe ich nicht", meinte er schließlich kopfschüttelnd, „warum soll ich mein Leben selbst steuern wollen, wenn mir andere, die viel mehr als ich wissen, sagen können, was ich zu tun habe?

Und wozu brauche ich einen größeren Fernseher oder ein größeres Haus? Das vergeudet doch die Ressourcen der Gemeinde, ohne ihr einen Nutzen zu bringen!"

Mit leichtem Stolz blickte der Großvater seinen Enkel an und staunte nicht wenig über dessen Klugheit. Kopfnickend sagte er: „So ist es, aber so hat die sogenannte 'freie Welt' gelebt.

„Aber wie konnten die dafür sorgen, dass unser Land regelrecht implodiert?"

Die Antwort hatte Großvater Boris sofort auf den Lippen und sprach sie aus.

„Auch bei uns gab es Menschen, die nach solchen Güter verlangt haben, ohne auf die Bedürfnisse unseres Vaterlandes und unserer arbeitenden Bevölkerung Rücksicht zu nehmen. Sie haben immer mehr Menschen um sich herum kontaminiert, die plötzlich immer mehr wollten. Sie wollten auch die ganze Welt bereisen, sie wollten plötzlich unser Zentralkomitee nicht mehr als allwissend akzeptieren und es abschaffen. Sie wollten sogenannte freie Wahlen und große Autos. Das Wohl des einzelnen Bauers oder Fabrikarbeiters stand nicht im Mittelpunkt ihres Handelns."

„Das verstehe ich nicht", meinte Michail verständnislos. „Konnte man diese Menschen nicht schnell umschulen? Man hat doch von Stalin gelernt, wie das sehr effizient geht, oder?"

Unruhe ergriff den alten Mann. Dann sagte er mit finsterem Unterton: „Genosse Stalin war ein großer Mann, leider waren seine Lehren zu diesem Zeitpunkt nicht mehr geschätzt."

„Was?!", entfuhr es dem Jungen.

Großvater war plötzlich sehr aufgeregt. Michail hatte ihn noch nie so aufgewühlt gesehen. Er lief in der Küche auf und ab mit großen Schritten. Sein Alter schien er vergessen zu haben. Wild gestikulierte er mit so fest geballter Faust, dass sich die Knöchel schneeweiß abhoben, wenn er von der sogenannten 'freien Welt' sprach.

„Großvater", sagte Michail eindringlich, „wie kam es zu der Implosion unseres Landes?"

Der Großvater hielt in seinem Marsch durch die Küche kurz inne.

„Ach ja, die Implosion ..., sie kam für viele Außenstehende sehr überraschend. Dein Urgroßvater hat als einer der ersten die Gefahr erkannt und versucht, das Ruder herumzureißen ..., leider vergeblich."

Plötzlich war seine Stimme leise und müde. Er wirkte wie erschöpft. Michail konnte sehen, wie sehr dieses Thema seinen Großvater belastete. Sie wirkte wie ein Vampir, der seinem Großvater das ganze Blut aussaugte. Er spürte, wie sein Hass auf diese sogenannte 'freie Welt' immer stärker wurde. Am liebsten würde er sie wie eine Giftschlange mit seinen großen Händen packen und langsam und qualvoll erwürgen, so wie sie sein Land damals erwürgt hatte. Er wusste, er würde alles tun, um seinem Land zum alten Ruhm zu verhelfen. Er wollte all die Demütigungen und Erniedrigungen seines Volkes und seiner Familie ungeschehen machen, wusste aber immer noch nicht, wie.

Michail schaute auf die Uhr und sah, dass es schon sehr spät war. Er schaute seinem Großvater ins Gesicht und sah eine unendliche Erschöpfung darin. Da stand er auf und sagte: „Großvater, es ist spät, lass uns schlafen gehen."

„Und deine Antworten, auf die du schon so lange wartest?"
„Ach, morgen ist auch ein Tag", erwiderte Michail sanft.

Michail wunderte sich selber über seine Geduld. Bis vor kurzem hätte er keine einzige Sekunde verloren, um endlich seine viele Fragen beantwortet zu bekommen und jetzt konnte er bis morgen warten. Vielleicht war es nur die Sicherheit, dass es jetzt endlich soweit war, vielleicht wollte er auch nur die Vorfreude länger genießen. Oder es war Mitleid mit dem müden und alten Mann. Er wusste es nicht genau. Möglicherweise war es eine Mischung aus allen drei Gründen. Ihm war nur klar, dass es genug für heute war.

Michail ging in sein Bett, und trotz des Aufruhrs in seinem Innern schlief er sofort ein. Das war schon immer so, er ließ sich nur schwer aus der Ruhe bringen, behielt immer einen kühlen Kopf. Sein Großvater hatte ihm das beigebracht. Er sagte immer, nur ein kühler Kopf könne der Sache gut dienen, Hitzköpfe sind gefährlich und dumm.

Kapitel 3

Am nächsten Morgen stand Michail wie immer früh auf. Stets war Großvater schon vor ihm in der Küche und bereitete das Frühstück vor. Er ging in die Küche, wo der Duft von frischen Spiegeleiern mit Speck und Milch mit Kaffeeersatz den Raum erfüllte und seine Nase streichelte. Er atmete tief ein, genoss diesen herrlichen Duft für einen Augenblick und sagte laut: „Guten Morgen, Großvater! Hast du gut geschlafen?"

Michail sah ihn an und sah viel Sorge in seinem Gesicht. Das machte ihn nervös und gleichzeitig traurig.

„Was ist los, Großvater? Ist was passiert?"

„Nein", entgegnete der Alte kopfschüttelnd, „alles bestens. Ich habe über unser Gespräch nachgedacht und glaube, es ist besser, wenn wir es gemeinsam mit dem Gemeinderat fortsetzen."

„Mit dem Gemeinderat?", fragte Michail erstaunt. „Warum denn das? Müssen wir sie damit belästigen? Sie müssen doch für das Wohl unserer Gemeinde sorgen und haben keine Zeit für verbale Exkursionen in die Vergangenheit, oder?"

„Sie müssen sich diese Zeit nehmen! Es ist für uns alle viel zu wichtig!", widersprach der Großvater entschieden.

Michail überkam das Gefühl, als hätte er in ein Wespennest gestochen. Er wusste, er würde heute Dinge erfahren, die er momentan nicht einmal ahnen konnte. Deutlich spürte er, dass diese so wichtig waren, dass sie sein ganzes Leben verändern würden. Nervosität breitete sich in ihm aus.

„Setz' dich hin und iss!", befahl der Großvater. „Danach gehen wir gemeinsam zum Gemeinderat, und wir setzen unser Gespräch von gestern fort."

Michail tat wie ihm geheißen und begann zu essen. Er schluckte alles hinunter, ohne es richtig zu genießen. Die schönen Gerüche nahm er auch nicht mehr wahr. Seine Aufmerksamkeit war nur noch auf die Fragen konzentriert, für die er endlich Antworten haben wollte!

Großvater saß ihm gegenüber und starrte in seinen Kaffeebecher. Michail hatte ihn noch nie so besorgt gesehen. Er legte seine großen Hände auf die seines Großvaters und fragte ernst: „Alles klar, Großvater? Was ist denn los?"

„Ach, Michail, mein Lieber", antwortete dieser, „nichts ist klar. Ich mache mir Sorgen um dich, denn ich weiß nicht, ob du wirklich schon soweit bist!"

„Wie meinst du denn das? Wofür soll ich noch nicht soweit sein?"

Der Großvater beantwortete die Frage nicht.

„Bist du fertig mit essen?", wollte er stattdessen wissen.

„Ja."

„Dann lass uns gehen. Der Rat wird schon auf uns warten."

„Alle?", fragte Michail etwas erschreckt und sein Herz begann aufgeregt zu schlagen.

Großvater schnappte Hut und Stock und marschierte durch die Tür hinaus. Dabei legte er ein Tempo vor, als ob er selbst auf der Suche nach Antworten sei. Fast rannte er die fünf Stufen hinunter, und als er vor dem Haus auf der Straße stand, wandte er sich schnurstracks Richtung Gemeinderat. Doch er stoppte und sah sich nach Michail um.

Michail hatte wie erstarrt seinem Großvater hinterher gesehen, ohne sich bewegen zu können. Großvater in solch einem Zustand zu erleben, war vollkommen neu für ihn.

„Kommst du nun endlich?", fragte ihn Großvater leicht unwirsch. „Oder muss ich noch lange auf dich warten?"

Plötzlich kam Bewegung in Michail. Er sprang hoch, zog die Haustür hinter sich zu, flog über alle fünf Stufen des Hauses hinweg und rannte hinter dem Großvater her, der mit Riesenschritten einige Meter vor ihm marschierte.

Das Gemeindehaus war ein kleines, aber imposantes Gebäude. Michail gefiel schon immer vor allem der Balkon über dem Haupteingang. Von dort aus sprachen die Ratsmitglieder zur Gemeinde zu besonderen Anlässen. Vorher wurde der Balkon stets mit den alten Fahnen und hübschen Blumen geschmückt. Alles schaute so schön und festlich aus! Und die Ratsmitglieder strahlten Kraft, Ruhe und vor allem eine unendliche Sicherheit aus!

Sie gingen in das Gebäude und dann gleich in den ersten Raum rechts hinein. Michail spürte Scham, dass er diese wichtigen Menschen nun stören würde. Gleichzeit war er stolz, dass sie sich Zeit für ihn nahmen, obwohl er nicht verstand, warum sie das taten. Er wollte doch nur ein paar Lücken in seinem Wissen schließen, nicht mehr und nicht weniger.

Zu seiner Überraschung befand sich nur der Vorsitzende im Raum. Er stand am Fenster und schaute hinaus zu den Bergen hinter der Gemeinde. Er hörte Großvater und Michail herein kommen und sagte, ohne sich zu ihnen umzudrehen:

„Ich kann mich einfach nicht sattsehen! Es ist so wunderschön hier."

„Ja", antwortete Großvater, „es ist wunderschön! Damian, kommt noch jemand?"

Michail war schon immer tief beeindruckt davon, dass sein Großvater mit allen Ratsmitgliedern per du war. Er war der einzige in der Gemeinde, der dieses Recht genoss. Darauf war Michail irgendwie stolz. Sein Großvater hatte mehr Rechte als die anderen. Und das genoss Michail in vollen Zügen, worüber er sich selber wunderte!

„Nein, wir sind allein. Ich glaube nicht, dass wir die anderen brauchen. Oder?"

Michail hörte aufmerksam zu und staunte, als er die Unsicherheit in Damians Stimme hörte. Er war es gewöhnt, dass alle Ratsmitglieder – und allen voran der Große Vorsitzende – immer klare Befehle in einem Ton erteilten, der keine Widerrede duldete. Und so hatte er noch nie auch nur einen Hauch von Unsicherheit bei ihnen erkannt. Da sie unfehlbar waren und stets die richtigen Entscheidungen trafen, hatten sie es auch nicht nötig, unsicher zu sein.

Großvater schaute Damian lange und tief in die Augen, atmete tief ein und aus und sagte: „Vielleicht hast du Recht. Wahrscheinlich ist es einfacher, wenn wir beide es übernehmen. Wir können

Hilfe jederzeit dazu holen, falls es notwendig sein sollte, nicht wahr?"

Damian nickte: „Ja, ich habe die anderen angewiesen, erreichbar zu bleiben. Setzt euch!"

Da war wieder dieser Ton in seiner Stimme: hart, selbstsicher, keine Widerrede tolerierend und respekteinflößend. Michail fühlte sich wohler, denn diese Festigkeit in Damians Stimme und Worten gab ihm ein Gefühl der Sicherheit.

„Da ist der Kaffee. Bedient euch, wenn ihr wollt", meinte Damian und an Michail gewandt: „Und nun zu dir, junger Mann. Du hast wahrscheinlich viele Fragen, nicht wahr?"

„Ja, Genosse."

„Boris hat mir von eurem Gespräch gestern Abend erzählt. Deine wichtigste Frage lautet, wie es zu dieser Implosion kam ..., ja, ich glaube, so hast du es genannt, richtig?"

„Ja, Genosse", hörte Michail sich sagen, „nach meinen Informationen muss es von innen her sehr plötzlich geschehen sein."

Damian sah ihn offen an.

„In einem Punkt hast du Recht: es kam von innen. Wie dir dein Großvater schon gesagt hat, wurde unsere fortschrittliche Gesellschaft unterwandert und mit der Gier der 'freien Welt' kontaminiert. Immer mehr Menschen wollten Rechte und Möglichkeiten haben, die sie nicht wirklich zum Leben brauchten. Dank der langjährigen und intensiven Umerziehung der subversiven Elemente befand sich unsere Gesellschaft auf einem guten Weg, sich weiterzuentwickeln. Das Ziel war, den idealen Menschen zu schaffen: genügsam, nicht auf seine persönlichen Bedürfnisse bedacht, sondern das bedeutende Ziel des großen Führers und seiner Helfer in den Mittelpunkt seines Tuns stellt. Eine Gesellschaft, die keine Individualisten hat, sondern eine große Masse, die sich in die Richtung bewegt, die von ihren Führern vorgegeben wird. Dadurch kann man unheimlich stark werden, weil man alle Kräfte ohne viel Gerede oder Zeitverlust sehr effektiv auf ein gemeinsames Ziel fokussieren kann. Aber genau das haben die Saboteure damals in Frage gestellt. Das Allwissen der Partei und ihres Führers. Diese Terroristen behaupteten, dass die Gesellschaft sich aus einzelnen Individuen zusammensetzt, die das Recht auf eine eigene Meinung und einen eigenen Willen haben. Die Machthaber sollten nur ihre Werkzeuge sein, die dafür sorgten, dass die Wünsche der Mehrheit erfüllt wurden!"

Nach dieser langen Rede legte Damian eine kleine Pause ein. Michail nutzte die Gelegenheit zum Sprechen.

„Ich habe schon zu Großvater gesagt, dass ich das für Chaos pur halte!"

„Das stimmt, Michail, es *ist* Chaos und muss deshalb bekämpft werden! Leider waren die Menschen damals in unserer Gesellschaft nicht soweit und konnten solchen subversiven Gedanken noch nicht widerstehen. Sie ließen sich sehr leicht von materiellen Wünschen verführen und fingen an, aufzubegehren. Die Verbreitung dieses Gedankengutes nahm sehr schnell epidemische Ausmaße an. Es wurden plötzlich so viele, dass alle bewährten Methoden der Umschulungen nicht mehr wirkten beziehungsweise alle vorhanden Kapazitäten dazu nicht mehr ausreichten."

„Aber unser Land war doch so stark", wandte Michail ein.

„Wohl wahr", stimmte Damian ihm zu. „Aber unsere Wirtschaft war so strukturiert, dass sie sich nur langfristig ändern konnte. Sie musste und wurde mit Sorgfalt langfristig, aber zentral gesteuert. Dadurch ließ sie sich auf bestimmte Ziele fokussieren, die vom Großen Führer und seinen engsten Genossen definiert wurden. Und diese hatten entschieden, dass die militärische Verteidigung unseres Landes nach Außen im Mittelpunkt stehen sollte. Alles Andere wurde diesem primären Ziel untergeordnet. Das war auch richtig so, wenn man all die Kriege bedenkt, die damals tobten …. Außerdem war die ganze Welt hungrig nach Rohstoffen und unser Land hatte reichlich davon."

Nun nahm auch der Großvater aktiv am Gespräch teil.

„Man darf nicht vergessen, dass die sogenannte 'freie Welt' die Zerstörung unserer Gesellschaftsordnung zum erklärten Ziel hatte. Diese galt es zu verteidigen."

„Und wie war es in der … 'freien Welt'?", wollte Michail wissen und betonte die Worte sehr sorgfältig.

„Die Wirtschaft der 'freien Welt' wurde nicht zentral gelenkt. Ein sehr großer Teil der Wirtschaft war darauf ausgerichtet, beim einzelnen Menschen entweder bestehende eigene, egoistische Bedürfnisse zu stillen oder neue zu generieren. Das ganze System basierte auf dem unstillbaren Hunger des Einzelnen nach mehr. Dafür ließ sich die Masse regelrecht ausbeuten und generierte viele Steuereinnahmen, die für neue Waffen genutzt wurden."

Damian sprach mit einer tiefen, traurigen Stimme.

„Genau das war der wichtigste Unterschied.", meldete sich Großvater Boris wieder zu Wort. „Anders als in der 'freien Welt' hat in unserem Land das Zentralkomitee dafür gesorgt, dass die Grundbedürfnisse des Einzelnen befriedigt werden konnten und alles Übrige in die Verteidigung des Landes sowie den Export unserer gesellschaftlichen Ordnung gesteckt wurde. Die Befriedigung der Grundbedürfnisse und eine sichere Zukunft, die die Partei jedem Mitglied der Gesellschaft zukommen ließ, haben dafür gesorgt, dass die Effizienz unserer Wirtschaft immer schlechter wurde."

Damian setzte sich endlich selber zu Tisch, nachdem er sich eine große Tasse mit Kaffee eingeschenkt hat. Man konnte ihm ansehen, dass er innerlich sehr aufgewühlt war. Er musste regelrecht mit sich selber kämpfen, damit er nicht explodierte und die Reise in diese bittere Vergangenheit fortsetzten konnte. Er rieb sich mit der Hand heftig übers Gesicht und setzte seine Erzählung fort: „Die 'freie Welt' hatte die Masse indoktriniert und sie im Glauben gelassen, sie und ihre materiellen Bedürfnisse würden im Mittelpunkt des Handels ihrer Regierungen stehen. Dafür müssten sie nur immer mehr und effizienter arbeiten, alles andere käme von alleine. Durch diese Effizienz wurden Steuereinnahmen generiert, die höher waren, als bei uns. Dadurch konnten deren Regierungen kostenintensive Waffensysteme entwickeln, die wir uns nur noch leisten konnten, indem wir den zentral ursprünglich sehr großzügig definierten Bedarf der Bevölkerung nach unten revidierten. Gleichzeitig wurde, wie schon gesagt, unsere Gesellschaft von diesem subversiven Wunsch nach angeblichem Individualismus, der leeren Versprechung einer persönlichen Freiheit und dem Streben nach Glück unterwandert."

Nachdem er das gesagt hat, stand Großvater auf und schenkte sich ebenfalls Kaffee ein. Er nahm ein paar Kekse mit, die neben der Kaffeekanne auf einem Teller lagen und steckte sie sich nacheinander in den Mund. Er schloss die Augen und genoss sichtbar, wie sie schmeckten. Für einen Augenblick sah es so aus, als ob er vergaß, wo er war. Dann plötzlich schüttelte er den Kopf, als wollte er all diese schönen Gedanken wie Wassertropfen abschütteln, und er kam zurück zu seinem Platz, setzte sich hin und fuhr fort.

„Und so kam es zu der Implosion, wie du es sehr trefflich genannt hast. Unser System wurde von den Massen fallengelassen, die offensichtlich noch nicht soweit und für diese subversiven Gedanken anfällig waren. Unsere militärische Stärke war auf die militärische Gefahr von außen fokussiert. Sie konnte nach innen nicht viel ausrichten. Dein Urgroßvater versuchte vergeblich, das Ruder herumzureißen und hätte es vielleicht auch geschafft. Aber dann fielen ihm lokale Politiker in den Rücken, die für sich die einmalige Chance erkannten, sich durch die Aufteilung unseres Landes in kleinere Einheiten, von der lokalen auf die internationale politische Bühne katapultieren zu können. Sie wurden von Menschen unterstützt, die unser Volk durch Raub enteigneten und nun Angst hatten, die zentrale Regierung würde sie bestrafen. Deshalb unterstützten sie jene lokalen Politiker dabei, die Unabhängigkeit des jeweiligen

Landesteils zu erlangen. Diese erließen dann Gesetzte, die ihre Machenschaften legalisierten."

Michail hörte beinahe atemlos und konzentriert zu. Sein Hirn verarbeitete die Informationen rasch.

„Wo war die Armee?", fragte er fassungslos. „Warum konnte sie nicht all diesen Wahnsinn stoppen?"

Damian schaute Michail direkt in die Augen, als ob er in seine Seele hineinsehen wollte. Michail spürte schon die ganze Zeit, dass Damian ihn mit Argusaugen beobachtete und offensichtlich versuchte, in seiner Körpersprache Antworten auf die eigenen Fragen zu finden. Bisher war es Michail gelungen, dem durchdringenden Blick von Damian auszuweichen. Dieses Mal aber versuchte er es nicht einmal mehr, sondern erwiderte Damians bohrenden Blick mit gleicher Stärke. Noch einmal stellte er Damian seine Frage. Doch dieses Mal mit sehr scharfer, kantiger Stimme, als wäre es die Schuld von Damian gewesen, dass es den Massen gelungen war, ein gutes System zu kippen.

„Wo war unsere Armee?!"

Michail erschrak für eine Sekunde über seinen eigenen Mut. Er rechnete schon damit, dass er zurechtgewiesen wurde oder noch schlimmer, umgeschult. Über Damians Gesicht huschte für den Bruchteil einer Sekunde ein Lächeln, bevor er antwortete.

„Sie war auch korrupt. Sie wurde auch von subversiven Elementen unterwandert, die die Partei verraten hatten."

Damian drehte sich plötzlich zu Boris um.

„Er ist soweit!", sagte er mit Überzeugung in der Stimme.

„Meinst du?", fragte Boris skeptisch zurück.

Großvater blickte Michail intensiv an, während er die Frage stellte. In seiner Stimme schwang eine Mischung aus Stolz, in die sich spürbare Sorge schlich.

„Ich bin mir sicher, lieber Boris. Er stellt die richtigen Fragen, ist hochmotiviert und wagt es, mich anzugehen, weil die Verräter damals nicht rechtzeitig entlarvt werden konnten. Du hast gute Arbeit für uns alle geleistet, Boris. Ich wusste, dass ich dir vertrauen kann."

Michail war völlig perplex und verstand gerade nur Bahnhof. Er schaute die beiden Männer an und erkannte, dass sie all die Jahre viele Geheimnisse direkt vor seiner Nase vor ihm versteckt hatten. Er konnte auch das Gefühl nicht abschütteln, dass er selber ein Teil dieser Geheimnisse und Pläne war.

Damian drehte sich zu ihm, lächelte und fragte: „Können wir weitermachen, oder brauchst du eine Pause, Michail?"

Sofort war Michail wieder ganz und gar bei der Sache: „Keine Pause, bitte!" Zu lange hatte er auf den Augenblick gewartet, der soeben stattfand.

„Beruhige dich", sagte sein Großvater freundlich. „Du wirst heute alles erfahren. Es wird keine Geheimnisse mehr geben."

Dabei legte er Michail seine Hände auf die Schultern. Der Junge liebte es, wenn der Großvater dies tat, denn seine Hände strahlten in dieser Geste so viel Wärme und Ruhe aus, dass die Welt vollkommen in Ordnung erschien.

Der Rest war Michail bekannt. Nach dem Auseinanderbrechen des Landes in einzelne Teile brach das Chaos über alle herein. Einige Menschen wurden mächtig und reich, der Rest versank in bitterer Armut. Die Bodenschätze des Landes wurden ausgeplündert und die Einflüsse der so genannten 'freien Welt' hielten überall Einzug.

Damian hatte inzwischen etwas zum Essen kommen lassen. Sie aßen gemeinsam und lachten, wenn Damian oder Großvater schöne Erinnerungen erzählten. Michail fühlte sich wohl zwischen diesen beiden alten, aber doch so lebendigen und weisen Männern. Sie behandelten ihn, als ob er dazugehören würde, und er war stolz darauf. Nicht jeder konnte von sich behaupten, eine Mahlzeit mit dem Großen Vorsitzenden geteilt zu haben.

Damian wischte sich beide Hände an einer Serviette ab und sagte: „Hör genau zu Michail, denn jetzt kommt wieder ein Teil unserer Geschichte, den du noch nicht kennst. Du hast dich sicherlich schon gefragt, warum man unsere Gemeinde hier noch duldet. Unsere Bestrebungen sind klar: Wir wollen die alte Gesellschaftsordnung wiederherstellen."

„Ja, das stimmt", antwortete Michail. „Das war für mich schon immer ein Rätsel."

„Nun ja, wir haben Glück im Unglück. Es gab damals natürlich noch getreue Genossen, die die Partei nicht enttäuscht haben. Einige von ihnen konnten die Gelder der Partei in Sicherheit bringen, so dass wir imstande waren, unsere Aktivitäten über Generationen hinweg zu finanzieren. Andere konnten wichtige Unterlagen über geheime Projekte, die wir damals vorangetrieben haben, retten", schilderte Damian. „Aber darauf kommen wir später noch zu sprechen."

Er wandte sich an Boris: „Möchtest du an dieser Stelle etwas hinzufügen, mein Freund?"

„Ja!", sagte Großvater. „Ein wichtiger Bestandteil unseres Glücks in dieser Tragödie war, dass wir eine wirtschaftliche und keine kriegerische Auseinandersetzung verloren hatten. Dadurch gab es weder Sieger noch Besiegte und keine Justiz, die unkontrolliert über 70 Jahre Kommunismus verurteilen konnte. Dadurch war auch überhaupt keine

Säuberung oder Umerziehung der Gesellschaft möglich. Viele treue Genossen sind in Amt und Würden geblieben und konnten so eine schützende Hand über uns halten. Und als weite Teile der Gesellschaft anfingen zu erkennen, dass unsere alte Gesellschaftsordnung doch besser war, erhielten wir immer mehr Zulauf und Unterstützung aus der Bevölkerung. Dadurch konnten wir die großen Träume und Ideale unserer Vorväter über Generationen hinweg retten und in einem kleinen Umfang leben. Diese Gemeinde hier ist das beste Beispiel dafür, lieber Michail."

Damian sprach nun wieder.

„Das Wichtigste ist aber, dass wir mit dieser Unterstützung und mit dem Parteivermögen, das damals gerettet wurde, wichtige technologische Projekte vorantreiben konnten. Das große Ziel, die Macht wiederzuerlangen und unsere Heimat stärker als je zuvor zu machen, muss und wird mit allen Mitteln weiter verfolgt!"

Nachdem er das gesagt hat, machte Damian eine längere Pause. Er schaute dabei Michail prüfend an, um festzustellen, ob er diese Flut an Informationen verarbeitet hatte.

Michail spürte, dass jetzt etwas ganz Wichtiges kommen würde. Er war zwar müde, und sein Kopf brummte regelrecht, aber er wollte sich auf keinen Fall etwas davon anmerken lassen. Eine leichte Furcht beschlich ihn, dass die beiden das Gespräch auf den nächsten Tag vertagen könnten, das wollte er jedoch vermeiden. So stand er auf und goss sich einen weiteren Kaffee in seinen Becher. Sofort nahm er einen Schluck davon und setzte sich wieder hin. Er schaute Damian und Boris an, ohne ein Wort zu sagen. Sein Gesichtsausdruck wirke äußerst entschlossen und signalisierte ganz klar, dass er jetzt keine Verzögerung mehr dulden würde. Großvater Boris deutete den Ausdruck im Gesicht seines Enkels richtig und setzte unverzüglich das Gespräch fort.

„Damian hat schon erwähnt, dass gewisse geheime Projekte von treuen Genossen gerettet werden konnten. Sie fokussierten sich dabei auf Technologien, die irgendwann mit wenig Aufwand viel bewirken könnten. - Michail, wovon hast du dein Leben lang geträumt?"

„Wie meinst du das, Großvater?", wollte Michail erstaunt wissen.

„Was würdest du tun, wenn du allmächtig wärst?"

Ein leichtes Lächeln umspielte Michails Augen.

„Das weißt du doch, Großvater", sagte er. „Ich würde gerne Urgroßvater kennenlernen, ihm in den schwierigen Zeiten zur Seite stehen. Mit dem Wissen von heute über die Verräter von damals würde ich dafür sorgen, dass sie rechtzeitig beseitigt und umgeschult würden, so dass all das, was unserem geliebten Land widerfahren ist, nicht geschehen könnte."

„Genau, wir standen stundenlang auf der Veranda und träumten mit offenen Augen davon! Michail, was würdest du machen, wenn wir beide dir sagen, dass dies möglich ist?"

Michail schaute seinen Großvater ungläubig an. Hatte er recht gehört? Machte Großvater womöglich einen Witz? Er lächelte unsicher. Dabei schaute er abwechselnd von einem zum anderen und sah, dass sie sein Lächeln nicht erwiderten. Sein Lächeln schmolz. Fieberhaft dachte er nach: Konnte das möglich sein? Wenn ja, wie denn nur? Vielleicht war es nur eine weitere dieser komischen Prüfungen, um zu erkennen, ob er - wofür auch immer - schon soweit war?

Je mehr Michail jedoch nachdachte und dabei in den Gesichtern der alten Männer zu lesen versuchte, desto mehr überkam ihn das Gefühl, dass all dies weder ein Witz noch eine Prüfung war. Es war eine sachliche und absolut ernst gemeinte Information! Michail wusste nicht, was er sagen soll, konnte jedoch diese Ruhe im Raum nicht mehr ertragen. Er erhob sich, nahm mit zitternder Hand ein Stück Braten direkt von der Platte, steckte es in den Mund und schluckte es hinunter, ohne es zu kauen. Rasch trank er einen Schluck Wasser, drehte sich um zu den beiden und sagte mit entschlossener und klarer Stimme: „Dann würde ich unseren Traum vollbringen und unsere Welt wieder in Ordnung bringen! Bloß …, wenn das möglich ist, warum haben wir unsere Heimat noch nicht wieder und warum sind unsere Ideale nicht schon längst wieder die einzig allgemeingültigen?"

Damian und Großvater waren über die Fähigkeit von Michail, sich beherrschen zu können, obwohl eine starke, leidenschaftlich-rebellische Energie deutlich zu fühlen war, äußerst positiv überrascht. Diese Erfahrung gab ihnen eine weitere Bestätigung, dass ihre Entscheidung, Michail jetzt alles zu sagen, richtig war.

„Mein Junge", sagte Damian, „deine Frage ist mehr als berechtigt. Aber bevor ich dir diese beantworte, will ich dich etwas fragen. Möchtest du keinen Beweis haben, dass wir dich nicht belügen?"

„Nein!", entgegnete Michail im Brustton der Überzeugung spontan. „Sie und mein geliebter Großvater würden mich nie anlügen. Wenn *Sie* sagen, wir können in die Vergangenheit reisen, dann ist es so. Wenn ich an Ihnen zweifeln würde, dann könnte ich genauso gut an unseren Idealen zweifeln. Und dazu habe ich weder jetzt noch in Zukunft einen Grund!"

Großvater lehnte sich auf die Stuhllehne zurück und war zufrieden. All diese Jahre harter Arbeit machten sich gerade doppelt und dreifach bezahlt. Aus dem kleinen Knirps von einst war ein intelligenter junger Mann geworden, der zu 100 Prozent die gleiche Überzeugung wie er selbst vertrat, und bereit war, diese mit allen Mitteln durchzusetzen und zu verteidigen. Damals wurde er von manchen Ratsmitgliedern für seine Idee milde belächelt. Jetzt wusste er, dass diese Idee die beste war, die sie jemals hatten und ihnen die Chance bot, endlich ihre Welt zu retten und alles wieder gutzumachen.

Michail hielt in seinen großen Händen das Schicksal der Partei, und Boris wusste ganz genau, dass es dafür auf der ganzen Welt keinen besseren Platz gab. Er war sehr zufrieden!

Michail war müde und brauchte eine Pause. Ein bisschen frische Luft wäre jetzt nicht schlecht.

„Könnten wir jetzt, bitte, eine kurze Pause machen?", fragte er deshalb. „Ich brauche nun ein bisschen frische Luft und Bewegung, um Klarheit und Ordnung zu bringen, in das, was ihr mir sagtet."

„Das ist eine gute Idee, mein Junge", antwortete Damian. „Ich könnte inzwischen etwas von dem abarbeiten, was den Tag über liegengeblieben ist. Boris, mein Lieber, hilfst du mir bitte?"

Michail verließ das Haus, ohne sich noch darüber zu wundern, dass der Große Vorsitzende seinen Großvater um Hilfe bat. Ihn erstaunte momentan gar nichts mehr. Im Gegenteil, alles schien plötzlich möglich zu sein!

All die Widersacher und Feinde seiner Familie, die seinen Urgroßvater als Verräter bezeichnet hatten, erschienen plötzlich bedeutungslos wie kleine Würmer auf dem Misthaufen der Geschichte! Michail wusste schon immer, dass er etwas Besonderes war. Er hatte schon stets das Gefühl gehabt, dass das Leben ihm eine wichtige Rolle zugeteilt hatte. Aber in seinen kühnsten Träumen hätte er nicht gewagt zu glauben, dass er eine solch große Rolle zu spielen hatte. In diesem Augenblick wurde ihm klar, dass er diese Rolle noch gar nicht genau kannte. Was sollte er eigentlich tun?

Es wäre zu dumm, zu glauben, er könnte in die Vergangenheit reisen und alleine alles zum Guten ändern. Der Zerfall war doch eine Massenbewegung gewesen. Was konnte er schon alleine ausrichten? Außerdem hatten Damian und Großvater bestimmt schon versucht, den Lauf der Geschichte zum Guten zu ändern. Sie blieben aber offensichtlich erfolglos, sonst würden sie nicht immer noch hier in den Bergen wohnen. Dabei fiel Michail ein, dass er diese 'freie Welt' gar nicht kannte, obwohl sie mittlerweile die ganze Welt erobert hatte. Sein ganzes Leben, oder zumindest den Teil, an den er sich erinnern konnte, hatte er hier oben verbracht.

Plötzlich wurde ihm unbehaglich und Panik breitete sich in seinem Innern bedrohlich aus! Was, wenn auch er versagen würde? Was wäre, wenn er jetzt die Chance bekam, von der er sein ganzes Leben träumte und versagen würde? Wäre er dann besser als all die Verräter von damals? Nein, wäre er nicht! Er wäre schlimmer, weil er versagt hätte! Plötzlich fühlte sich Michail klein und schwach. Aber gerade jetzt durfte er nicht schwach sein! Die Partei brauchte ihn, und er hatte für sie da zu sein! Die einmalige Chance, einen Lebenstraum zu verwirklichen und dabei Gutes zu tun für eine große Gemeinschaft, wurde nicht jedem zuteil. Er hingegen bekam jetzt diese einmalige Chance. Michail ging in sich, und ließ sein ganzes Leben Revue passieren. Erst jetzt erkannte er viele Zusammenhänge besser. Er verstand, warum sein Großvater immer dafür sorgte, dass er gesund lebte und dass Michail sich eine sehr breitgefächerte Allgemeinbildung aneignete. Er war gut in Mathematik und Erdkunde, aber vor allem in Geschichte war er Spitze. Später musste er sich intensiv mit Psychologie befassen, damit er das menschliche Verhalten so gut wie nur möglich verstehen und beeinflussen konnte. Michail genoss es jedes Mal, wenn er aus Spaß irgendeinen seiner Schulkameraden manipulieren konnte. Er analysierte sein 'Opfer' vorher sehr genau und spürte etwas wie Triumph, wenn er es dazu gebracht hatte, genau das zu tun, was es nicht mochte oder tun wollte.

Michail konnte sich noch an diesen Jungen erinnern, den er dazu brachte, barfuß über heiße

Kohlen zu laufen. Als dieser Junge noch klein war, brach im Haus seiner Eltern ein schreckliches Feuer aus, und er wäre beinahe verbrannt. Doch er überlebte mit schweren Verbrennungen, während seine Eltern in den Flammen den Tod fanden. Seitdem konnte er kein offenes Feuer ansehen oder sich in dessen Nähe aufhalten.

Für Michail war es leichter gewesen als erwartet, den Jungen dazu zu bringen, barfuß über die heißen Kohlen zu laufen. Wenngleich er sich erneut schwere Verbrennungen dabei zuzog, gelang es ihm, die Angst im Unterbewusstsein zu bezwingen. Michail gab zu, dass er es genoss, solche Macht über Menschen ausüben zu können.

Diese Erinnerung gab ihm ein gutes Gefühl, ein tiefes und sicheres Gefühl von Stärke. Und er musste stark sein, wenn er erfolgreich sein wollte. Ja, er war sehr stark!

Allmählich kehrte er zum Gemeindehaus zurück. Damian und Großvater warteten im großen Saal schon auf ihn. Inzwischen war dort aufgeräumt und gelüftet worden. Michail ging hinein und setzte sich ohne ein Wort auf seinen Stuhl.

„Möchtest du einen Kaffee?", fragte Großvater.

„Ja, danke. Ich hole ihn mir selbst, Großvater. Fang' du inzwischen schon mal an zu erzählen."

„Wie ich schon sagte, unsere Partei hatte damals die Macht, alle Ressourcen des Landes auf bestimmte Themen zu fokussieren. Diese Schwerpunkte wurden selbstverständlich vom Zentralkomitee definiert. Manche von ihnen wurden publik gemacht, weil es für ihre Erreichung notwendig war. Manche wurden aber nur mit einem kleinen Kreis von Menschen kommuniziert."

Großvater beendete seinen Satz und schaute Damian fragend an, als würde er seine Zustimmung zum Gesagten erwarten. Als Damian nickte, führte Großvater seine Erzählung fort.

„Eines der geheimsten Projekte überhaupt war der Versuch, in die Vergangenheit zu reisen. Die ganze Forschungsarbeit basierte auf sehr detaillierten Plänen, die wir am Ende des großen vaterländischen Krieges bei den Deutschen finden konnten. Die Unterlagen, die wir gefunden haben, zeigten uns, dass die Deutschen kurz vor dem Durchbruch standen. Leider fehlten wichtige Bestandteile, und wir konnten auch nicht alle deutschen Wissenschaftler fassen, die am Projekt beteiligt waren. Deshalb mussten wir gewisse Lücken selbst schließen. Dies erwies sich als überaus schwierig. Der unerwartete Selbstmord mehrerer Deutscher, die wir gefangen hielten und die eine Schlüsselrolle bei dem Projekt hatten, erschwerten unser Vorhaben beträchtlich."

Großvater schmunzelte mitten in seiner Rede und sagte: „Diese Deutschen waren verdammt weit und unglaublich gut. Es ist für mich bis heute

ein Wunder, dass sie den Krieg verloren haben ….
Aber das ist freilich eine andere Geschichte."

„Wie auch immer", sagte Damian und sah Großvater verwundert an. „Fakt ist, dass wir es fünf Jahrzehnte und etliche Milliarden später schafften, diese Lücken zu schließen. Bedauerlicherweise war unser Land zu dem Zeitpunkt schon auseinander gefallen. Der erste Präsident stufte das Projekt als sinnlos ein und wollte es stoppen, weil das Land völlig pleite war. Zum Glück kam später ein neuer Präsident an die Macht. Anfangs wurde er von allen unterschätzt. Obwohl er jung war, hatte er die richtige politische Einstellung und agierte wie in alten Zeiten nur im Sinne unseres Volkes. Er ließ nichts unversucht, der Partei und dem Land zu alter Größe zu verhelfen. Aber am wichtigsten war es, dass er durch eine kluge Strategie im Einsatz unserer Bodenressourcen in der Lage war, das Projekt weiterhin zu finanzieren. Noch wichtiger war es natürlich, dass er es auch wollte."

Michail hörte aufmerksam zu. Jedes Wort saugte er auf wie ein trockener Schwamm das Wasser. Würden ihm andere Menschen als Großvater und Damian all das erzählt haben, hätte er kein einziges Wort geglaubt, wäre aufgestanden und weggegangen. Diesen beiden jedoch glaubte er ohne Zögern alles, was sie sagten.

„Und wann wurde der Durchbruch erlangt?", wollte Michail wissen.

„Im Herbst 2020 wurde der erste erfolgreiche Test durchgeführt", antwortete Großvater.

„Was genau passierte dann, Großvater?"

„Sag du es ihm, das ist dein Beitrag!", sprach er und wies mit einer kleinen Handbewegung auf den Großen Vorsitzenden.

Damian holte tief Luft, trank langsam einen Schluck Kaffee, stellte vorsichtig die Tasse zurück auf das Tellerchen und führte die Unterhaltung weiter.

„Du musst wissen, Michail, das es keinen Weg zurückgibt."

Er unterbrach sich selbst und blickte kurz zu Michail hinüber, um zu sehen, welche Wirkung dieser Satz ausgelöst hatte. Doch der junge Mann saß entspannt mit wachem Blick und voll konzentriert bei der Sache da und lauschte.

„Wir können Menschen in die Vergangenheit schicken", sagte Damian bedeutungsvoll, „aber wir können sie nicht mehr zurückholen. Das war uns beim ersten Versuch nicht klar. Alle Versuche des Rückholens sind gescheitert."

Alle schwiegen, und im Raum herrschte plötzlich eine bedrückende Stille. Michail hatte das Gefühl, diese Stille mit beiden Händen fassen zu können. Großvater ergriff als erster wieder das Wort, als könne er diese Ruhe nicht mehr ertragen.

„Und da ist noch etwas …", sagte er ernst. „Wir können nicht zweimal das gleiche Jahr ansteuern, oder ein Jahr, das vor dem zuletzt gewählten liegt. Du kannst dir sicher vorstellen, dass dadurch unsere Möglichkeiten sehr eingeschränkt sind. Wir können nur bedingt aus unseren Fehlern lernen und ein Szenario nicht beliebig korrigieren und anpassen."

„Wir haben versucht, eine Kommunikationsmöglichkeit aufzubauen", führte Damian die Erläuterung des Großvaters weiter. „Aber sie ist nur bedingt leistungsfähig."

„Und wie sieht sie aus?", fragte Michail interessiert.

„Jede Person, die für eine Reise in die Vergangenheit auserwählt wurde, musste einen detaillierten Bericht schreiben, der an einer verabredeten Stelle hinterlegt wurde. So konnten wir später erfahren, was gut und was schlecht an unserem Szenario war. Wir können jedoch weiterhin keine neue Vorgehensweise testen oder interaktiv steuern."

Michails Hirn nahm all diese spannenden Informationen auf und verarbeitete sie in Windeseile. Er war an der Unterhaltung beteiligt, ohne zu sprechen, stattdessen fügte er die Fakten in seinem Kopf blitzschnell zu einem Bild zusammen.

„Wie viele solcher Reisen haben denn schon stattgefunden, und vor allem in welches Jahr ging die erste?", wollte er wissen.

Michail hielt für Sekunden die Luft an, denn er spürte intuitiv, dass ihm die Antwort nicht gefallen würde.

„Die erste fand in das Jahr 1961 Stichwort 'Kuba–Krise' statt."

Großvater sagte das mit ernster Miene und schaute Michail dabei tief in die Augen.

„Die Kuba–Krise wurde von diesem Projekt verursacht?" Michail wollte es nicht glauben.

„1961 erreichte unsere Macht einen neuen Höhepunkt. Wir hatten nicht nur die Atombombe, sondern es endlich auch geschafft, die im Krieg erbeuteten deutschen Pläne zu entziffern und eine Rakete zu bauen, die Menschen ins Weltall befördern konnte. Die ganze Welt schaute auf uns und konnte sich von der Überlegenheit unseres Systems überzeugen. Der ursprüngliche Ausgang der Kuba–Krise gefiel uns hingegen überhaupt nicht!"

Jetzt konzentrierte sich Michail noch mehr, als er fragte, wie denn die Kuba-Krise ursprünglich ausgegangen war.

Damian schaute ihn an, hielt für eine Sekunde inne und sagte: „Ähnlich, wie du ihn kennst. Man wurde sich einig, aber der große Verlierer waren wir. Die Amerikaner konnten den friedlichen Ausgang als einen Erfolg ihres diplomatischen Geschicks verbuchen, während wir als die Bösen dastanden, die die ganze Welt beinahe zerstört hätten."

„Weltweit gingen die Menschen auf Distanz zu uns", fügte Großvater hinzu. „Sie dachten, wir sind hinterlistig und gefährlich. Irgendwann folgte trotz unseres Versuchs der Richtigstellung der Zusammenbruch unseres Landes."

„Und genau das wollten und konnten wir nicht zulassen", sagte Damian mit donnernder Stimme. „Deshalb schickten wir unsere erste Mission in das Jahr 1961. Wir wollten, dass unser Land auf dem Höhepunkt seiner Überlegenheit auch seine wahre militärische Stärke in aller Deutlichkeit der ganzen Welt zeigt. Wir mussten den damaligen Entscheidungsträgern der Partei klarmachen, dass es keinen besseren Zeitpunkt dafür geben wird. Sie mussten auch verstehen, dass ein friedlicher Ausgang der Krise direkt ins Verderben führen würde."

„Warum sollten die das glauben?", fragte Michail kritisch und war gespannt auf die Antwort.

„Das Projekt existierte, wie schon gesagt, seit dem Ende des Zweiten Weltkrieges. Seitdem es ins

Leben gerufen wurde, hatte man wichtige Vorkehrungen getroffen, um im Falle eines Erfolges jemanden aus der Zukunft erkennen zu können. Es gab und gibt ein Passwort, das nur dem jeweiligen Großen Vorsitzenden bekannt war und ist. Das Wort wurde niemals schriftlich festgehalten und ausschließlich mündlich an den Nachfolger weitergegeben. Du kannst dir sicher vorstellen, dass man der Person, die Kenntnis von diesem Passwort erlangt hat und über alle Details vom geheimsten Projekt aller Zeiten berichten kann, absolut glaubt und vertraut."

Damian schwieg einen Moment. Michail konnte ihm eine gewisse Müdigkeit ansehen.

Großvater spielte mit dem Feuerzeug, sah dabei jedoch mit leerem Blick auf seine Hände. Michail fragte sich, wo er sich gedanklich befinden mochte. Dann aber führte Großvater die Geschichte weiter.

„Wir durften nicht zulassen, dass nur die USA die Chance hatten, der Welt ihre Atommacht durch die Einsätze in Hiroshima und Nagasaki vor Augen zu führen. Wir mussten der ganzen Welt zeigen, dass auch wir fähig und Wissens waren, unsere Ideale mit aller Macht zu verteidigen und durchzusetzen."

Michail hörte, was sein Großvater sagte, doch traute er seinen Ohren nicht. Sein Land und die Partei hatten sich doch immer für den Weltfrieden eingesetzt und dafür gekämpft. In zahlreichen historischen Dokumentationen über verschiedene Paraden oder politischen Reden hatte Michail immer wieder all die Plakate gelesen und die Sprüche der Demonstranten gehört, die einstimmig für den Frieden skandierten. Das alles passte doch nicht mehr zusammen!

Damian stand auf, öffnete ein Fenster und zündete sich eine Zigarette an. Interessiert betrachtete er die Glut, und dann sprach er weiter.

„Diese Chance kam, als wir in Kuba unsere Atomraketen stationierten. Es war endlich möglich der ganzen Welt zu zeigen, dass wir imstande waren, unsere Ideale zu verteidigen und dies auch tun würden, koste es, was es wolle. Als die Amerikaner versuchten, die Blockade durchzusetzen, wollten wir den strategischen Vorteil ausnutzen und aus der Nähe vom Schiff aus ein paar Raketen auf größere Städte in den USA fallenlassen. Leider sickerte dieser Plan zu früh durch und die Politiker in den USA konnten die Welt davon überzeugen, dass sie auch in diesem Falle nicht mit Atomwaffen zurückschießen würden. Dadurch standen wir erneut im Ruf, die Bösen zu sein und hatten die Sympathie der ganzen Welt schlagartig verloren."

Ungeachtet der Tatsache, dass in Michail angesichts der Schilderungen vielleicht Zweifel aufkommen konnten, erzählte Damian weiter.

„Diese verdammten Amerikaner verstanden es sehr gut, der ganzen Welt glaubhaft zu machen, dass wir die Aggressoren waren, obwohl sie selber als Einzige Atombomben ohne militärischen Nutzen auf Großstädten fallen ließen. Hollywood produzierte zu der Zeit Filme wie am Fließband, die sie als schlechte Propaganda gegen uns nutzten. Dabei missbrauchten sie massiv den Einsatz der Umerziehungsaktivitäten, die Stalin seinerzeit meisterhaft organisiert hatte. Plötzlich wandte sich die Aufmerksamkeit der Welt von den Deutschen auf uns. Plötzlich wurden wir das neue Feindbild."

Nach diesem Satz ballte Großvater seine Faust und schlug mit aller Macht auf den Tisch, als ob er dadurch dieses verdammte Hollywood hätte zerschmettern können. Damian nahm einen letzten Zug aus seiner Zigarette, schmiss den Glimmstängel aus dem Fenster und kam zurück zum Tisch. Er sah beide an.

„Die Situation war schlimmer als die erste", erzählte er. „Wir konnten den Verfall unseres Systems nicht stoppen. Es war sehr entmutigend! Deshalb schickten wir zum zweiten Mal jemanden in die Vergangenheit, und zwar in das Jahr 1962, um die ursprüngliche Situation so gut als möglich wiederherzustellen. Dabei ist es uns gelungen, dass wir nicht so schlimm dastanden als beim ersten Mal. Aus den dabei gewonnenen Erfahrungen gepaart mit denen des Koreakrieges entschieden wir uns, den Feind so stark und so lange wie möglich in Stellvertreterkriege zu verwickeln: Vietnam,

Kambodscha, Angola, Äthiopien, und so weiter ….
Dadurch haben wir zwar mehr Zeit gewonnen,
aber das Ende blieb immer gleich. Unser Wertesystem hörte praktisch auf zu existieren."

„Gab es denn einen weiteren Rettungsversuch?", wollte Michail wissen.

„Ja, wir haben mehrere Versuche unternommen, den Feind zu destabilisieren", führte Damian
aus. „1965 starteten wir eine massive Unterstützungskampagne für alle kommunistischen Parteien oder Bewegungen im Westen. Sie mündeten
zwar in eine Destabilisierung des Systems durch
die 68er Revolten, einen Sieg konnten wir aber
nicht erreichen."

Dann schwieg Damian und gab das Wort mit
einer auffordernden Handbewegung weiter an
Großvater. Der übernahm nahtlos den Gesprächsfaden.

„Wir haben auch versucht, durch einen Export
unserer Ideologie die Golfregion, als wichtigste
Ölquelle des Westens zu destabilisieren. Unsere
Waffenexporte dorthin stiegen ins Unermessliche.
Wir unterstützten jeden lokalen Diktator, der sich
zumindest bemühte, Lippenbekenntnisse zu unserer Ideologie zu machen. Die von den Amerikanern 1973 inszenierte Ölkrise versuchten wir zu
nutzen, indem wir unser Öl nur an Bruderländer
verkauften. Nichts half dauerhaft, die sogenannte
'freie Welt' setzte sich immer durch."

Damian zuckte jedes Mal zusammen, wenn erwähnt wurde, dass bei allen nur erdenklichen Versuchen das Ende immer gleich war: sie verloren. Er rieb sich mit der Hand über das Gesicht, als wollte er die ganze Müdigkeit wegwischen, die ihm deutlich anzumerken war. Nun schaute er Großvater an und setzte die Geschichte fort, ohne einen Blick auf Michail. Michail hatte den Eindruck, Damian las die Fortsetzung der Geschichte in den Augen seines Großvaters ab.

„Michail, wie du dir sicherlich vorstellen kannst, kosten solche Aktionen eine Unmenge an Ressourcen: materielle und menschliche. Das Geld der Partei, das damals gerettet werden konnte, geht langsam zur Neige. Unser Leben hier, obwohl es so bescheiden ist, wäre ohne Zuschüsse aus diesem Topf nicht möglich. Und der Topf wird allmählich leer. Außerdem wird die Technik, die für solche Reisen notwendig ist, immer älter und anfälliger für Störungen. Jede Reparatur verschlingt Unmengen an Geld. Kurz gesagt, wir haben nur noch einen einzigen Versuch frei. Wenn es auch jetzt nicht klappt, dann haben wir alle für immer kläglich versagt."

„Mein Junge, …", sagte Großvater und machte eine lange Pause.

Michail wusste genau, dass diese lange Unterredung jetzt ihrem ganz wichtigen Ziel näherkam. Großvater nannte ihn selten so und nur in besonderen Situationen. Das erste Mal war es, als er ihm den Tod seiner Eltern mitteilte. Dem Augenblick ganz und gar angemessen, verhielt Michail sich still und war ganz Ohr.

„Mein Junge, …", wiederholte Großvater, „du sollst diese Reise unternehmen. Ich und wir alle hier haben dein Leben lang versucht, dich so gut wie möglich darauf vorzubereiten. Du bist wahrhaft unsere letzte Chance!"

Michail war sprachlos. Gestern noch träumte er davon, diese Welt zu verändern und nun durfte er erfahren, dass dies kein Traum bleiben musste. Er durchlebte gerade ein Wechselbad der Gefühle, Stolz aber war das stärkste von allen. Er war nicht in der Lage, ein Wort zu sagen. Großvater und Damian schauten sich gespannt an und warteten auf seine Antwort. Je länger sie jedoch warteten, desto größer wurde ihre Angst, Michail könnte nein sagen. Schließlich hielt Damian die Warterei nicht mehr aus und fragte: „Und nun? Was meinst du?"

Michail schaute beide an, nahm ihre Hände in seine und sagte mit ruhiger, aber kraftvoller Stimme: „Ja! Das ist das Schönste, was mir im Leben passieren kann!"

In den Gesichtern von Damian und Großvater Boris wich die Sorge, und man konnte fühlen, dass ihnen die Last von ihren Herzen wie schwere Steine zu Boden fiel. Hoffnung schimmerte in ihren alten, klaren Augen, als sie Michail ansahen.

„Wann soll es losgehen?", wollte Michail aufgeregt wissen.

„Wann immer du meinst, dass du soweit bist", beeilte sich Großvater mit der Antwort.

Damian staunte über Großvater, der ihm gerade ins Wort gefallen war und fügte rasch hinzu: „Aber dennoch so schnell wie möglich! Die Zeit drängt!"

„Ich würde mir gerne die Berichte meiner Vorgänger anschauen", bat Michail, „denn vielleicht kann ich etwas daraus lernen. Welches Jahr wäre jetzt an der Reihe?"

„Wir wissen es nicht genau. Es sollte meiner Meinung nach nicht viel später als 1973 sein. Je früher wir Einfluss nehmen, desto besser", sagte Damian entschieden und ging wieder ans Fenster.

Großvater erhob sich auch, um sich die Füße zu vertreten. Er lief um den Tisch herum, schaute auf seine Armbanduhr und sagte: „Meine Güte, es ist sehr spät geworden. Ich brauche eine Mütze Schlaf. Und ihr?"

„Ja, Boris, du hast vollkommen Recht", antwortete Damian und unterdrückte ein Gähnen. „Wir werden heute nichts mehr beginnen. Das Wichtigste ist auch schon gesagt worden. Lasst uns morgen hier um 8 Uhr weitermachen, einverstanden?"

Das war natürlich eine rein rhetorische Frage. Es war wie immer eine Anweisung vom Großen Vorsitzenden. Auch Michail stand nun auf und gemeinsam gingen sie zur Tür. Michail blieb unter dem Türrahmen stehen und wandte sich an Damian.

„Macht es Sinn, dass ich vorher die Berichte der anderen Missionen lese?", wollte er wissen. „Das würde mir doch sicher helfen."

Er war dabei bemüht, Damian zu zeigen, dass dies nur eine Bitte war und er, als der Große Vorsitzende, selbstverständlich das letzte Wort hatte.

Damian nahm mit Wohlwollen die Bemühungen des jungen Mannes wahr, sich ihm zu unterwerfen.

„Lies' nur alles, was du willst, Michail", sagte er. „Denk nach, so lange du willst und gib uns Bescheid, wenn du dich befähigt fühlst, unser Gespräch fortzusetzen. Auf ein paar Tage kommt es nun nicht an. Sehr viel wichtiger ist aber, dass wir es dieses Mal schaffen! Alles Andere ist Zweitrangig!"

Michail war erleichtert, murmelte unterwürfig und ehrerbietig „Danke" und ging mit Großvater nach Hause.

Michail sprach auf dem Weg zum Haus kein Wort. Er genoss die klare und kalte Nacht. Es herrschte der Vollmond am klaren schwarzen Himmel. Die Sicht reichte kilometerweit. Alles war durch das Mondlicht in einen weißen seidenen Schein gehüllt. Ein herrlicher und gleichzeitig gespenstischer Anblick, fast, wie nicht von dieser Welt. Sie betraten nacheinander das Haus, wünschten sich eine gute Nacht, und jeder ging in sein Zimmer.

Obwohl tausende von Gedanken durch seinen Kopf flogen, schlief Michail wie immer fast augenblicklich ein. Er war einfach zu müde!

Kapitel 4

Am nächsten Tag wachte er in aller Herrgotts-
frühe auf und ging in die Küche, um zu frühstücken. Natürlich war Großvater längst auf den Bei-
nen und hatte alles vorbereitet. Es duftete herrlich
nach Spiegeleiern mit Speck und frischem Kaffee.
Großvater und Michail setzten sich und begannen
zu frühstücken, ohne ein einziges Wort zu wechseln. Sie waren beide typische Morgenmuffel und
zogen deshalb die Ruhe einem allzu frühen Gespräch vor. Obwohl es noch ganz kühl draußen
war, hatte Großvater das Küchenfenster ganz weit
geöffnet, und die frische Bergluft mit all ihren Düften strömte herein. Das war herrlich! Draußen
zwitscherten schon die ersten Vögel hellwach ihr
Morgenlied. Michail war jedes Mal dankbar dafür,
hier leben zu dürfen. Er liebte dieses Stückchen
Erde über alles!

Als sie fertig waren, wollte Michail wie immer
beim Aufräumen und Abwaschen helfen. Großvater jedoch sagte mit sanfter Stimme: „Geh schon!
Ich weiß doch, dass du es kaum erwarten kannst,
diese Berichte zu lesen. Ich mache das hier schon
alleine."

„Danke", erwiderte Michail erfreut, „aber wohin soll ich gehen?"

„In die Bibliothek. Da wirst du alles finden, was du brauchst."

„Aber die kenne ich doch in- und auswendig! Ich habe noch nie etwas zu unserem Thema gefunden", widersprach der Junge.

„Das wäre auch schlimm gewesen", sagte Großvater, und dabei lachte er. „Geh zum Bibliothekar. Er wird dir ein geheimes Passwort mündlich geben. Du darfst dieses Passwort niemandem nennen, koste es, was es wolle! Ansonsten ist unser Geheimnis nicht mehr sicher! Ich weiß, dass ich mich auf dich verlassen kann!"

„Großvater, du kannst dich vollkommen auf mich verlassen", antwortete Michail aufrichtig. „Lieber würde ich sterben, als unsere Sache zu verraten."

Michail verließ das Haus und ging mit großen Schritten zur Bibliothek. Als er dort vor der Tür stand, fiel ihm ein, dass es noch viel zu früh war. Er wollte schon kehrtmachen, als genau in dem Augenblick die Tür aufging und der Bibliothekar ihn ansprach.

„Wohin des Weges?", fragte er freundlich. „Hast du es dir anders überlegt? Du bist etwas spät dran, ich habe schon viel früher mit dir gerechnet."

„Sie warten auf mich?", fragte Michail sehr erstaunt.

„Wundert dich das wirklich? Nun komm endlich herein, es ist noch zu kalt, um draußen herumzustehen."

Michail ging hinter dem Bibliothekar ins Haus hinein. Er kannte das Gebäude wie seine eigene Westentasche, da er unzählige Tage hier verbracht hatte. Wie immer wollte er sich an das Terminal setzen, an dem er sonst saß. Der Platz war genial, denn er konnte aus dem Fenster schauen und gleichzeitig den ganzen Raum im Auge behalten. Das war so eine Angewohnheit von ihm. Er mochte es nicht, wenn er mit dem Rücken nicht zu einer Wand oder Ähnlichem stehen oder sitzen konnte. Dann fühlte er sich unsicher und angreifbar. Der Bibliothekar packte ihn jedoch am Arm und zog ihn zu seinem Arbeitsplatz. Dort angekommen, drückte er auf einen versteckten Knopf, und zu Michails grenzenloser Überraschung öffnete sich die Wand.

Dahinter befand sich ein fensterloser Raum, in dem sich nur ein Leseterminal mit der entsprechenden Tastatur befand. Ein Download oder gar ein Ausdruck wären nicht möglich gewesen.

Die beiden gingen in den Raum hinein und die Wand schloss sich von alleine wieder. Michail zuckte unfreiwillig zusammen.

„Keine Angst, du kannst jederzeit hier wieder rauskommen", sagte der Bibliothekar beruhigend.

„Und wie?"

„Drück einfach auf diesen Knopf hier ...", er zeigte Michail den unscheinbar wirkenden Knopf, „... dann geht auf der anderen Seite eine Tür auf und du bist in einem leeren Büro. Aus dem kannst du jederzeit raus, ohne befürchten zu müssen, dass dich jemand sieht. Dieser Raum ist außerdem komplett von der Außenwelt abgeschirmt. Es gibt keine Verbindung nach draußen und umgekehrt."

„Okay", sagte Michail und fragte ungeduldig: „Wie lautet das Passwort?"

„Du weißt, dass du es nicht aufschreiben und niemandem je weitersagen darfst?", wollte der Bibliothekar wissen.

„Ja, das ist mir bekannt."

Der Bibliothekar schaute sich um, weil er - obwohl sie offensichtlich alleine im Raum waren - sicherstellen musste, dass niemand ihn hört und machte Michail ein Zeichen, dass er sich nach vorne zu ihm hinunterbeugen sollte. Michail beugte sich so weit, bis der Bibliothekar mit den Lippen fast sein Ohr berührte. Michail hörte aufmerksam zu, als der Bibliothekar ihm das Passwort zuflüsterte. Dann staunte er nicht schlecht. Das Wort war ebenso einfach wie genial!

Sofort ging er zum Terminal, setzte sich hin und tippte es ein. Am Bildschirm erschien eine Maske, die er noch nie vorher gesehen hatte. Seine Finger zitterten ein bisschen, und genau das wollte er niemandem zeigen. Deshalb drehte er sich zum Bibliothekar um und fragte ihn: „Muss ich noch etwas wissen, oder kann ich allein hier bleiben?"

„Nein, das war alles. Ich wünsche dir viel Spaß!"

Der Bibliothekar schmunzelte dabei und erwartete, dass Michail auch lachte. Doch der nahm ihn gar nicht mehr wahr. Michail war schon in einer anderen Welt versunken. Enttäuscht drückte der Bibliothekar den entsprechenden Knopf und verließ den Raum.

Michail hatte inzwischen schon das Passwort eingegeben und schaute sich am Bildschirm die Themenbereiche an. Nichts davon kam ihm bekannt vor. Ein schlechtes Gefühl überkam ihn plötzlich. Bis vor kurzem war er sich absolut sicher, alles zu wissen, was man nur wissen konnte. Und plötzlich eröffnete sich da eine ganz neue, andere Welt vor seinen Augen, die ihm vollkommen unbekannt war.

Dann entdeckte er etwas. Ach ja, da waren sie. Sie standen unter dem Begriff 'Dienstreisen' da. Komischer Name dafür, dachte er. Michail war sich sicher, dass der Bibliothekar den Namen ausgewählt hatte und ihn witzig fand.

Michail klickte den ältesten Bericht an und begann, alles in sich aufzusaugen.

Die Berichte waren nicht sehr lang, nur jeweils ein paar Seiten mit sachlichen Informationen. Michail las sie alle und versuchte dabei, Gemeinsamkeiten zu entdecken. Er suchte nach dem FEHLER, der alle diese Unternehmungen zum Scheitern brachte. Es musste insbesondere *einen* gemeinsamen Fehler geben, denn egal, was und wann unternommen wurde, am Ende siegte der Klassenfeind.

Die Qualität der Berichte war nicht sehr hoch. Sie klangen so, als ob jemand in die nächste Gemeinde gereist wäre und eine Geschichte darüber geschrieben hatte. Keine richtige Analyse der vorgefundenen Situation, der involvierten Personen, der getroffenen Maßnahmen und schon gar nicht der Gründe, die zu einem Scheitern geführt hatten. Michail wurde sauer. Wie soll ihm das alles helfen, nicht zu versagen? Es war ihre letzte Chance, und er stand da mit leeren Händen. Nachdenklich stand er auf und fing an, im geheimen Raum wie ein Tiger im Käfig umherzulaufen.

Er ließ sich nochmals alle Berichte durch den Kopf gehen und suchte deren gemeinsamen Nenner, DEN FEHLER.

Es fiel ihm auf, dass zwar jedes Mal versucht wurde, den letzten Fehler zu korrigieren. Aber keiner hatte sich Gedanken über ein Gesamtkonzept gemacht. Man hatte stattdessen versucht, sich nach dem Motto „probieren geht über studieren" in kleinen Schritten an die Lösung heranzutasten. Es gab aber keinen Versuch, das Ganze zu verstehen und dementsprechend zu handeln. Michail war überrascht und enttäuscht von so viel Dilettantismus. Er konnte nicht glauben, dass Menschen, die eine solche Technik beherrschten, derart unprofessionell vorgingen.

Michail fuhr das Terminal runter und drückte den besagten Knopf. Als er draußen war, atmete er tief die saubere Luft ein und ging den Berg hinauf. Er wollte zu seinem Lieblingsplatz, oben auf dem Felsen. Dort ging er immer hin, wenn er nachdenken musste. Die Aussicht vom Felsen aus war atemberaubend, er konnte sicher sein, alleine bleiben zu können und seine Ruhe zu haben. Immer ließ er seinen Blick über die Berge wandern und die Seele entspannt 'baumeln'. Er tat so, als hätte er nichts und würde sich langweilen. Meistens kamen ihm die Lösungen wie aus dem Nichts zugeflogen.

Als er oben angekommen war, setzte er sich hin und genoss zunächst die Aussicht. Er war sicher, es gab nichts Schöneres auf dieser Welt, obwohl er nichts anderes von dieser Welt kannte. Aber alle, die schon einmal woanders gewesen waren, meinten das Gleiche. Sie konnten sich nicht alle irren!

Sein Verstand begann ganz automatisch, die neuen Informationen zu sortieren und nach Gemeinsamkeiten zu durchforsten. Langsam bekam er einen Überblick. Es schien so, als ob die meisten Menschen sich nicht für die hohen Ideale der Partei begeistern konnten. Sie waren zu materiell veranlagt und nicht in der Lage, sich spirituell weiterzuentwickeln. Sie waren nicht bereit, auf ihre angeblich individuelle Freiheit zu verzichten, damit das Kollektiv stärker wird. Außerdem hatte es der Feind immer bestens verstanden, die großen Visionen und dazu notwendigen Schritte in ein schlechtes Licht zu stellen. So wurden die Umerziehungsmaßnahmen des großen Stalin immer als Barbarei dargestellt. Der leider missglückte Versuch der Industrialisierung von Mao wurde gar als Verbrechen gegen die Menschlichkeit angeprangert. Die Politik, so viele Länder wie möglich auch unter Waffeneinsatz vor dem Zugriff des Feindes zu schützen, wurde immer als Einmischung in die inneren Angelegenheiten dieser Länder und somit völlig falsch dargestellt. Sein Land und die Partei wurden immer als zerstörerische Schlange dargestellt, die Mensch und Umwelt nicht in den Mittelpunkt ihres Handelns stellten. Man warf ihnen stattdessen vor, sie nur für die Erreichung eigener Ziele zu missbrauchen.

Langsam wurde Michail klar, dass bei all den Reisen in die Vergangenheit niemand versucht hatte, sich mit diesen Fakten auseinanderzusetzen. Sie waren in keiner Weise berücksichtigt worden! Stattdessen wollten nur einige, mit Hilfe eines kleinen Kreises von vermeintlich mächtigen Men-

schen der jeweiligen Periode das Ruder herumrei-
ßen. Das war der gleiche Fehler, der aus Michails
Sicht immer zum Untergang geführt hatte. Man
hatte die Masse vergessen. Und ein kleiner Kreis
von Menschen war zu sehr mit sich selber beschäf-
tigt und erwartete, dass die Untertanen den Mächtigen einfach folgten, ohne Erklärung, wohin die
Reise geht und warum.

Michail wusste, dass er mit dieser Meinung alleine dastand und hatte deshalb oft heftige Auseinandersetzungen mit vielen Menschen aus seiner
Gemeinde, die mit dieser, wie sie sagten, ketzeri-
schen Meinung nicht einverstanden waren. Sie
wurden mit der Überzeugung erzogen, kleine Leute haben den Mächtigen ohne viele Fragen zu folgen. Sie mussten einfach auf deren Weisheit vertrauen - und basta!

Michail verstand aber, wie wichtig es war, dass
man der Partei eine breite Masse sicherte, die aus
voller Überzeugung deren Entscheidungen ohne
Wenn und Aber unterstützte. Er verstand auch
sehr gut, wie wichtig es war, dieser Masse einen
gemeinsamen Feind anzubieten. Dadurch wurden
schnell alle Differenzen vergessen und die Masse
konnte leicht in eine Art 'Überlebensmodus' versetzt werden. Komischerweise kamen seiner Meinung nach die besten Beispiele aus der gleichen
Epoche, nämlich aus dem Zweiten Weltkrieg.

Die Nazis hatten es hervorragend verstanden, sich eine breite Basis in der Bevölkerung zu schaffen. Stalin, der trotz hervorragender Erfolge in weiten Teilen der Bevölkerung sehr umstritten war, schaffte es, all diese Aggressionen gegen einen gemeinsamen Feind zu kanalisieren. Dadurch gewann er den Krieg, obwohl seine Armee bei weitem schlechter ausgerüstet war und die Bevölkerung sich anfangs auf die Deutschen freute.

Michail dachte an die Schäferhunde, die sich manchmal im Winter um das Futter stritten. Die Kämpfe waren durch den Hunger meistens sehr heftig und gingen nicht selten blutig aus. Aber sobald sich Wölfe in der Nähe zeigten, die auch auf der Suche nach Nahrung waren, gingen die Schäferhunde ohne Zögern und vereint gegen diese vor. Plötzlich war ein gemeinsamer Feind da, der dafür sorgte, dass alle Streitereien aufhören mussten, wenn man überleben wollte. Die Schäferhunde kannten ihren Feind sehr gut und wussten sehr genau, wie dieser zu bekämpfen war.

Plötzlich sprang Michail von seinem schönen Aussichtspunkt auf, klopfte sich an die Stirn und sagte laut: „Das ist es! Wieso bin ich nicht früher darauf gekommen?"

Er erkannte erst in diesem Augenblick, dass es bereits ziemlich dunkel wurde. Das machte ihm nichts aus, denn er hätte den Weg zurück auch blind laufen können. So marschierte er los nach

Hause, wo er nach ungefähr einer halben Stunde ankam. Durch das Fenster sah er den Großvater. Dieser stand in der Küche und bereitete das Abendessen vor.

Michail sprang wie immer über alle fünf Stufen hinweg, öffnete die Tür und ging in die Küche.

„Hast du Hunger?", fragte Großvater, der wusste, wer das Haus betreten hatte. „Geh' und wasch' dir die Hände!"

„Großvater, was weißt du über unseren Feind?", fragte Michail auf dem Weg ins Bad.

Großvater schaute Michail hinterher, und blickte ein wenig entgeistert, so als ob er sich um seinen Verstand sorgte.

„Wie meinst du das?"

„Genauso, wie ich es fragte", antwortete Michail, während er wieder in die Küche trat. „Was weißt du aus eigener Erfahrung über die heutige Welt, die vom Klassenfeind beherrscht wird?"

„Mein Junge, vergiss nicht, dass ich schon seit 20 Jahren hier oben lebe", wandte Großvater ein.

„Und wer hier oben kennt die letzten 20 Jahre? Und wer hier oben, der bei der Vorbereitung bisheriger Zeitreisen maßgeblich beteiligt war, kennt aus eigener Erfahrung diese sogenannte 'freie Welt'? Soweit ich es weiß, warst du nicht daran beteiligt, obwohl du als einer der wenigen auch außerhalb der Gemeinde gelebt hast, oder?"

„Worauf willst du denn hinaus?"

Großvater stellte Michail die Frage lediglich, um mehr Zeit zu gewinnen. Langsam dämmerte ihm, dass Michail wahrscheinlich einen ganz großen Schritt weitergekommen war.

„Großvater, siehst du es nicht?", fragte Michail. „Wir haben den Fehler, der bis jetzt alles zum Scheitern brachte!"

„Lass uns jetzt essen, mein Junge", sagte der Alte. „Wir müssen darüber nachdenken, bevor wir mit anderen darüber sprechen. Wir haben nur *eine* Chance, uns für dieses Thema Gehör zu verschaffen, und wir dürfen sie nicht vermasseln. Aber je mehr ich nachdenke, desto mehr muss ich dir Recht geben. Jetzt ist es auch für mich offensichtlich. Ich bin stolz auf dich, ich wusste, dass du es schaffst!"

Nach dem Essen gingen beide sofort ins Bett.

Kapitel 5

Am nächsten Tag trafen sie wieder in der Küche zum Frühstück zusammen. Sie aßen wie immer schweigend. Michail konnte im Gesicht des Großvaters sehen, dass er intensiv nachdachte. Er wusste, Großvater suchte nach einem Szenario, wie er die Gedankengänge seines Enkelkindes dem Großen Vorsitzenden am besten vermitteln konnte. Michail stimmte Großvater zu: Sie hatten nur *eine* Chance! Er dachte an all die Gespräche, die er zu diesem Thema schon geführt hatte und wie erfolglos er gewesen war. All seine Argumente prallten an den Großen Vorsitzenden und den anderen einfach ab.

Großvater stand auf und sagte: „Würdest du bitte aufräumen? Ich gehe auf die Veranda hinaus, um nachzudenken."

Die Veranda war sein Lieblingsrückzugsort, wenn er nachdenken musste. Michail nickte und begann, aufzuräumen. Er ließ sich Zeit, damit er Großvater nicht zu früh störte. Als er fast fertig war, kam Großvater schon herein.

„Brauchst du noch lange? Ich bin soweit!"

„Nein, ich bin jetzt auch fertig."

Michail wischte sich die vom Geschirrspülen nassen Hände ab und folgte seinem Großvater durch die Tür. Dieser war schon auf der Straße angelangt und eilte in Richtung Gemeindehaus. Als sie dort ankamen, drehte sich Großvater zu Michail um und sagte in einem Ton, der keine Widerrede duldete: „Du bist ganz still am Anfang! Ich rede zuerst und gebe dir ein Zeichen, wenn du reden darfst."

„Verstanden", antwortete Michail artig.

Michail war noch nicht mit seiner Antwort fertig, da hatten sie den Eingang des Gemeindehauses erreicht. Der Großvater drückte fest gegen die schwere Türe, um sie zu öffnen. Er ging hinein und marschierte gefolgt von Michail in Richtung des Büros vom Großen Vorsitzenden. Dessen Sekretärin hörte auf zu tippen und schaute über ihre Hornbrille den Großvater fragend an.

„Kann ich etwas für Sie tun?"

„Ist er da?", fragte Großvater ohne Umschweife und das Bemühen um Höflichkeit.

Die beiden mochten sich überhaupt nicht. Michail glaubte, es lag an der Sonderstellung seines Großvaters, der jederzeit und ohne Termin im Büro des Großen Vorsitzenden ein- und ausgehen konnte. Das machte die Sekretärin wütend, verlor sie doch ihre machtvolle Position über den Zugang zum Großen Vorsitzenden.

„Ja, er ist da, möchte aber nicht gestört werden", zischte sie den Großvater unwirsch an.

„Ist er alleine oder telefoniert er?"

„Er ist alleine und telefoniert gerade nicht", kam es patzig zur Antwort.

„Danke", sagte Großvater kurz angebunden, klopfte auch schon an die Tür und marschierte ohne Aufforderung von drinnen einfach hinein.

Michail lächelte verlegen der Sekretärin zu und folgte seinem Großvater, ohne ein Wort zu sagen, in das Büro des Großen Vorsitzenden.

„Guten Morgen Damian! Wie geht es dir heute?"

„Morgen Boris, schön dich zu sehen! Ist mein Cerberus da draußen wieder sauer auf dich?", fragte er und fing an, zu lachen.

„Nein, nicht wieder, sondern immer noch!", antwortete Großvater und zwinkerte ihm grinsend zu.

Boris war über so viel Lockerheit überrascht, aber sehr zufrieden. Der Anfang war gar nicht so schlecht.

„Was kann ich für dich tun, Boris?"

„Damian, es geht um das Thema von gestern. Michail hat sich, wie besprochen, alles angeschaut. Ich möchte mit dir etwas bereden, das sehr wichtig ist. Ich bitte dich nur, mir bis zum Ende zuzuhören und mich nicht zu unterbrechen! Du wirst nicht alles mögen, was ich sage, das weiß ich. Aber ich bitte dich mit allem Respekt, dir alles anzuhören und dann eine Nacht darüber zu schlafen, bevor du eine endgültige Entscheidung triffst. Natürlich werden wir dann genau das machen, was du entscheidest. Wie immer hast du das letzte Wort! Meine Bitte ist nur, mir ohne eine vorgefertigte Meinung zuzuhören, darüber nachzudenken und erst dann zu entscheiden."

Damian hatte Großvaters Bitte angehört, lehnte sich nun in seinem Stuhl zurück und sagte: „Jetzt bin ich ganz neugierig!"

Und er staunte nicht schlecht über Boris. Sie kannten sich schließlich sehr lange, er wusste gar nicht mehr wie lange genau. Boris war ihm immer treu gewesen und eine wichtige Stütze der Partei. Er schätzte Boris auch als Mensch, denn er war kein Hitzkopf. Boris war immer sehr sachlich, überlegt und bestens informiert. So wie gerade eben hatte er ihn aber noch nie erlebt.

„Lieber Damian, alle unsere Versuche, das Rad der Geschichte zu unseren Gunsten zu drehen, sind bis jetzt erbärmlich gescheitert. Stimmt das?"

Damian war über die Wortwahl erstaunt. Boris kam unumwunden auf den Punkt. Normalerweise war er ein sehr guter Diplomat, der seine Worte wohl und weise wählte.

„Na ja", antwortete Damian gedehnt, „erbärmlich würde ich nicht gerade sagen, aber ja, wir sind gescheitert."

„Nein, Damian! Wir müssen der Wahrheit ins Gesicht sehen. Wir sind unserem Ziel nicht ein bisschen näher gekommen. Im Gegenteil, wir sind weiter entfernt davon als je zuvor. Wir haben nur noch eine letzte Chance, und dann war es das, nicht wahr?"

„Damit hast du leider Recht. Worum geht es?"

„Was haben wir aus den bisherigen Versuchen gelernt? Was haben wir aus den jeweiligen Erfahrungen beim nächsten Versuch berücksichtigt beziehungsweise, was haben wir anders gemacht, um endlich Erfolg zu haben?"

Großvater war richtig leidenschaftlich.

„Na ja", sagte Damian und rieb sich dabei sein Kinn. „Wir haben alle Entscheidungsträger zusammengetrommelt, alles bis ins letzte Detail analysiert und dann die Änderungen definiert."

In seiner Stimme war ein bisschen Unsicherheit zu hören.

„Und genau da liegt unser Fehler, mein geschätzter Freund!"

Großvater beendete seinen Satz, drehte sich zu Michail um und nickte ihm zu. Michail erschrak für eine Sekunde, denn nun war er am Zug. Allerdings hatte er mit mehr Zeit zur inneren Sammlung gerechnet."

„Nun ja", begann er deshalb zögernd. „Ich habe mir alle Berichte durchgelesen und versucht, einen gemeinsamen Fehler zu entdecken."

Michails Stimme war noch zögerlich und wirkte unsicher. Ihm war in diesem Augenblick völlig klar, dass er im Begriff stand, zu sagen, dass der Große Vorsitzende und der Gemeinderat einschließlich aller Entscheidungsträger einen kapitalen Fehler gemacht hatten, den er jetzt alleine und in kürzester Zeit entdeckt hatte. Plötzlich fühlte sich Michail fast hilflos und schaute ratsuchend seinen Großvater an. Der spürte deutlich, was in seinem Enkel vorging, schaute ihm vertrauensvoll in die Augen und legte seine Hand in der bewährt beruhigenden Art und Weise auf Michails Schulter.

„Hab keine Angst, Michail", sagte er. „Wir sind hier unter uns, und der Große Vorsitzende weiß, dass wir es gut meinen. Der Inhalt unserer Unterhaltung wird nie diesen Raum verlassen, sie hat sozusagen niemals stattgefunden. Wir können völlig frei reden." Und an Damian gewandt fügte er hinzu: „Oder?"

Damian schaute Großvater an, als ob er gerade nicht wüsste, was dieser von ihm erwartet. Großvater sagte zwar nichts, machte aber mit dem Kopf ein Zeichen in Richtung Michail. Damian lächelte.

„Ach so, jetzt weiß ich, was du meinst, lieber Boris."

Und an Michail gewandt: „Mein Junge, sprich dich ruhig aus. Du brauchst nichts zu fürchten."

Michail fühlte sich gleich wohler und atmete tief ein.

„Darf ich Sie etwas Persönliches fragen?", wagte er zu sagen.

„Nur zu!"

„Was wissen Sie über die heutige Welt, über unseren Klassenfeind?"

Damian war erstaunt über die Frage, erkannte aber noch nicht, in welche Richtung das Gespräch sich entwickeln würde.

„Ich bilde mir ein, dass ich alles weiß", gab er ehrlich zur Antwort und wartete gespannt ab, wie es weitergehen würde.

„Und wie viel davon wissen Sie aus eigener Erfahrung?"

„Wie du weißt, habe ich mein ganzes Leben dem Wohle unserer Partei und Gemeinde gewidmet", erwiderte der Große Vorsitzende sofort. „Und das geht am besten nur dann, wenn man vor Ort ist."

„Wenn ich das bemerken darf, Sie machen das hervorragend", beeilte sich Michail zu sagen.

„Danke", sagte Damian. „Höre ich da ein 'Aber'?"

„Nein, es ist kein 'Aber' diesbezüglich. Es ist ein 'Aber' bezogen auf Ihre persönlichen Erfahrungen mit den Stärken und Schwächen unseres Feindes."

„Unser Feind ist schwach!", antwortete Damian leicht gereizt.

„Sie haben Recht, er ist zu besiegen und wir werden es schaffen! Aber wir müssen der Wahrheit ins Gesicht schauen und vorläufig akzeptieren, dass er bis jetzt immer gewonnen hat.

Michails Bemerkung erschient Damian ziemlich frech, und er wusste nicht, wie er darauf reagieren sollte. Fragend schaute er Boris an.

„Bist du seiner Meinung?"

„Lieber Freund", sagte Großvater, „darum geht es doch gar nicht. Bitte, denk an dein Versprechen und höre dir alles einfach an, bevor du eine endgültige Entscheidung triffst.

Damian atmete hörbar laut ein und sagte etwas unwillig, aber immer noch neugierig: „Okay, aber nur, weil du es bist! Und ich warne dich, junger Mann!"

Damian drehte sich zu Michail um und sah ihn durchdringend an. Mit erhobenem Zeigefinger warnte er ihn wortlos: Sei vorsichtig, du stehst kurz davor, zur Umerziehung geschickt zu werden. Boris gefiel in diesem Augenblick gar nicht, wie sich das Gespräch entwickelte. Doch bevor er nochmals eingreifen konnte, redete Michail weiter.

„Seien Sie bitte versichert, dass ich für keine Sekunde an der Stärke und Weitsicht unserer Partei sowie an der Gerechtigkeit und Erreichbarkeit unserer Ziele zweifle!", sagte Michail eindringlich. „Ich möchte nur meinen bescheidenen Beitrag leisten, damit wir unter Ihrer Führung unseren Klassenfeind zum Wohle unseres Volkes besiegen."

„Das klingt schon besser", antwortete Damian beruhigt.

Boris war sehr erleichtert, weil Michail den richtigen Satz im richtigen Ton zum richtigen Zeitpunkt gesagt hatte. Wiederum war er stolz auf ihn, denn Michail hatte offensichtlich sein diplomatisches Geschick geerbt.

Michail hatte seine Unsicherheit im Innern besiegt und schaute dem Großen Vorsitzenden jetzt offen in die Augen.

„Sie haben doch immer gesagt, man muss seinen Feind kennen und ernst nehmen, wenn man ihn besiegen will. Die Kenntnis seiner Stärken und Schwächen ist wichtig, um ihn genau dort zu treffen, wo es ihm am meisten wehtut. Genau diese Worte möchte ich mit Ihrer Erlaubnis jetzt mit Leben füllen."

Damian fühlte sich geschmeichelt. Das waren in der Tat seine Worte und er glaubte fest daran. Er war froh, zu hören, dass so ein intelligenter junger Mann sich seine Worte eingeprägt hatte und sie endlich auch leben wollte. Er war sichtlich zufrieden!

Michail wartete geschickt ein paar Sekunden ab, ließ Damian das Gefühl der Zufriedenheit auskosten, bevor er weitermachte.

„Ich frage mich nur, wie viel eigene Erfahrung bei den bisherigen Entscheidungen über die Gestaltung der Zeitreisen tatsächlich vorhanden war."

Michail schaute den Großen Vorsitzenden an und erwartete eine Antwort auf seine Frage.

Dieser runzelte die Stirn und dachte nach. Sein Gesichtsausdruck wirkte ein wenig unglücklich, was den Eindruck entstehen ließ, dass ihm die Antwort keineswegs schmeckte. Er machte ein paar langsame Schritte durch den Raum.

„Soweit ich es weiß, hatte keiner der Entscheidungsträger aus eigener Erfahrung Kenntnisse vom Feind und dessen heutige Weltordnung. Dafür sind sie aber bestens informiert über die aktuellsten Ereignisse." Letzteres fügte Damian schnell hinzu. Dabei klang es mehr wie eine Entschuldigung und nicht nach einer Information.

Michail gewann immer mehr Sicherheit. Die anfängliche Angst war, wie in Luft aufgelöst, verschwunden.

„Und genau das ist einer von zwei Fehlern gewesen. In der Theorie wissen schon die Kinder, wie ein Auto zu fahren ist. In der Praxis ist es aber nicht so einfach, wie man sich das denkt."

Michail spürte sofort, dass er einen Vergleich angeführt hatte, der nicht ganz so klug war und bereute seine eifrige Rede.

„Was meinst du mit 'einer von zwei Fehlern'? Welcher war deiner Meinung nach der andere Fehler?"

Boris gefiel der Ton in Damians Stimme nicht. Der Vergleich von Michail war sehr unglücklich gewählt. Damian war eindeutig verstimmt. Deshalb musste Boris intervenieren.

„Lieber Damian, Michail wollte nicht sagen, dass sich jemand wie kleine Kinder verhalten hat. Er wollte lediglich an einem bildhaften Beispiel verdeutlichen, dass man die besten Erfahrungen nur durch Praxis erwirbt. Viele stellen sich deinen Job leicht vor, aber nur du weißt, wie schwer und verantwortungsvoll er ist, oder?"

Er lächelte Damian an und versuchte, auch ihn zu einem Lächeln zu bewegen.

„Du hast Recht, Boris, das glauben wirklich viele, nicht?" Er drehte sich damit zu Michail um und sagte: „Ich erlebe mit Freude, dass du viel von deinem Großvater gelernt hast. Allerdings hast du mindestens noch einmal so viel zu lernen. Fahre bitte fort, ich höre!"

Boris war erleichtert, weil Damian lächelte und die Stimmung dieses Gesprächs wieder dort war, wo sie sein sollte. Michail dankte mit einem liebevollen Blick seinem Großvater für die Hilfe und fuhr fort.

„Was war das Wichtigste damals für den Erfolg der Oktoberrevolution?"

„Wie meinst du das nun wieder?", fragte Damian. „Natürlich die mutige und weise Führung von Lenin und seinen engsten Gefolgsleuten."

„Mit Sicherheit", beeilte sich Michail zuzustimmen. „Aber was hätten sie ohne die Massen, ohne das Volk ausrichten können?"

„Michail, ich habe schon mehrmals von deinen subversiven Ansichten gehört", sagte Damian nun mit strenger Stimme. „Du wirst wohl nicht jetzt anfangen, diese Frechheiten auch in meiner Anwesenheit zu wiederholen, oder?"

„Damian", sagte Boris schnell und bittend. „Du hast versprochen, dir alles anzuhören und keine voreiligen Schlüsse zu ziehen! Bitte, hör einfach zu!"

„Aber ich bitte *dich*, Boris, es ist doch eine Frechheit! Und du unterstützt ihn noch dabei?"

„Vertrau mir, Damian, ich bitte ich sehr darum! Ich habe bis jetzt seine Ansichten *nicht* geteilt. Jetzt glaube ich aber, dass wir sie uns mindestens anhören und darüber nachdenken sollten. Tu mir bitte einfach diesen Gefallen!", bat Boris.

Er schaute Damian mit flehendem Blick an und wusste, wenn dieser nicht zuhören würde, war alles verloren. Damian ging zum Fenster und öffnete es. Das tat er immer, wenn er nachdenken musste. Die beiden Besucher schauten still zu und warteten. Nach einigen Minuten, in denen der frische Wind um Damians Nase geweht war, wandte er sich ihnen zu.

„Boris", begann er, „du bist einer meiner wichtigsten Weggefährten. Ich konnte mich immer auf dich verlassen und habe dir versprochen, zuzuhören." Und an Michail gewandt sagte er mit unerwartet sanfter Stimme: „Fahr fort mein Junge!"

Boris und Michail atmeten erleichtert auf. Michail wusste nun, dass er dieses Mal eine echte Chance hatte. Er musste dennoch weiterhin sehr vorsichtig vorgehen, sonst würde er diese Chance verspielen.

„Geehrter Großer Vorsitzender, Ihre weise Führung hat uns allen in der Gemeinde ein gutes Leben gesichert. Deshalb genießen Sie auch die uneingeschränkte Unterstützung der gesamten Gemeinde. Sie wissen, Sie können sich auf jeden einzelnen von uns verlassen."

„Das will ich doch hoffen", sagte Damian und lächelte Boris zu.

„So ist es auch. Vor allem, weil Sie sich ununterbrochen um unsere Belange kümmern, weil Sie dafür sorgen, dass wir verstehen, wofür wir arbeiten. Sie haben uns allen ein gemeinsames Ziel auf eine Art und Weise gezeigt, die Ihnen 100 Prozent Gefolgschaft gesichert hat. Alle fühlen sich von Ihnen gut vertreten.

Michail machte eine Pause. Er wollte seinen Worten genügend Zeit einräumen, ihre Wirkung zu entfalten. Nach einigen stillen Sekunden fuhr er fort: „Genau darauf basierte der Erfolg der Oktoberrevolution. Sie wurde zwar von einer genialen Führung organisiert, doch ohne die breite Unterstützung des Volkes wäre sie nicht erfolgreich gewesen, stimmt es?"

Damian hielt kurz inne und stimmte Michail zu.

„Ja, du hast Recht. Es war eine Revolution des unterdrückten Volkes, das sich vom feudalen Joch befreien wollte."

„Und genau das Gleiche haben Sie in ihrer Weisheit in unserer Gemeinde sichergestellt: die breite Unterstützung aller Mitglieder!"

„Worauf genau willst du nun hinaus, Michail?"

Damian schaute Michail unentwegt mit gespannt wartendem Blick an.

Michail machte eine Pause. Er wusste nicht genau, wie er mit seiner nächsten Ausführung vorgehen sollte, um nicht alles zu gefährden. Boris
bemerkte das Zögern seines Enkels sofort und griff
ein.

„Damian, wir haben uns schon öfters gefragt,
ob die damaligen Parteiführer den Anschein einer
Volksnähe ausreichend genug aufrecht hielten.
Das Fußvolk war in seiner Entwicklung offensichtlich noch nicht soweit, dass man erwarten konnte,
die Verfolgung der Parteiziele hätte sich zu einem
Selbstläufer entwickelt. Sie waren nicht wachsam
genug und sind vom Volk verlassen worden, das
sich viel zu leicht von der sogenannten 'individuellen Freiheit' hat verführen lassen."

„Stimmt schon …, aber ich verstehe immer noch
nicht den Zusammenhang!"

„Es ist ganz einfach: Wir müssen dieses Mal eine Strategie entwickeln, die dafür sorgt, dass die
breite Masse aus freien Stücken auf unserer Seite
steht. Wir müssen die Überzeugung, dass unsere
Ziele die einzig richtigen sind, zum Selbstläufer
machen."

Michail meldete sich wieder zu Wort: „Und dafür müssen wir unseren Feind und seine heutige

Welt genau analysieren. Wir müssen verstehen, woraus dieses süße Gift besteht, das die Massen derart verführt. Wir müssen die Schwächen und die Stärken unseres Feindes verstehen und diese uns zunutze machen."

„Und genau das haben wir bis heute nicht gemacht", sagte Großvater. „Wir haben nur an der Oberfläche gekratzt, ohne uns mit den wahren Ursachen und Lösungen zu beschäftigen."

„Wenn Sie erlauben, hochgeehrter Großer Vorsitzender, würde ich mich freiwillig dafür melden", sagte Michail und nahm die Position eines Soldaten ein, der stramm steht und total ergeben auf seine Befehle wartet.

Für einige endlose Augenblicke herrschte absolute Stille im Raum.

„Wie meinst du das?", fragte Damian?

Boris atmete tief ein und klärte Damian auf: „Er möchte sich eine Weile in der heutigen Welt außerhalb unserer Gemeinde aufhalten, damit er den Feind besser versteht, bevor er in die Vergangenheit reist. Er würde dann vor der Reise zusammen mit uns die gewonnenen Erkenntnisse teilen, damit wir eine gemeinsame Strategie entwickeln, die uns endlich den Erfolg sichert."

Damian hob ruckartig den Kopf und blickte etwas ungläubig drein: „Allein zwischen diesen gierigen Hyänen? Seid ihr von allen guten Geistern verlassen?"

Damian konnte sich nicht vorstellen, dass dieser Vorschlag ernst gemeint war. Bis zu einem gewissen Punkt vermochte er die Sichtweise der beiden nachzuvollziehen, aber einen so jungen Mann alleine all diesen Versuchungen auszusetzen, schien ihm nicht akzeptabel.

„Damian", sagte Boris leise, aber eindringlich, „lass uns das kurz erklären. Wenn Michail die Reise in die Vergangenheit unternimmt, wird er dies alleine machen. Spätestens wenn er dort ankommt, wird er alleine all diesen Versuchungen ausgesetzt. Dabei hatte er vorher nie die Chance, sie kennenzulernen und stark zu werden. Wenn wir ihm erlauben, vor der Reise eine Zeit lang alleine durch die Welt zu reisen, kann er sich besser darauf vorbereiten. Michail ist charakterstark genug und hat die richtige Erziehung genossen. Wenn er zurückkommt, können wir überprüfen, ob er noch die richtige Gesinnung hat. Lassen wir ihn ohne jegliche Vorbereitung in die Vergangenheit reisen, wird er möglicherweise viel eher den Verführungen verfallen und wir könnten nichts dagegen unternehmen. Schlimmer noch: Wir würden es nicht mal mitbekommen und uns nur darüber wundern, warum auch diese Reise erfolglos blieb. Wir hätten einen weiteren nichtssagenden Bericht in unserem Archiv und sonst nichts!"

Boris legte seine ganze Energie und Überzeugung in diesen Satz. Er hoffte inständig, dass Damian richtig entscheiden würde, war sich dessen jedoch nicht sicher.

Es herrschte eine unglaubliche Ruhe im Raum. Draußen bellten ein paar Hunde, ansonsten war auch von dort nichts zu hören. Michail schien es, als ob die ganze Gemeinde den Atem anhielt und stillschweigend auf die Antwort des Großen Vorsitzenden wartete. Lange fünf Minuten zogen sich hin, und Boris und Michail empfanden sie wie eine halbe Ewigkeit. Dann stand Damian auf, stütze sich mit beiden Händen auf seinen Schreibtisch und sagte: „Boris. Michail. Ich habe mein Wort gehalten. Ich habe euch genau zugehört, auch wenn ich euch ab und zu unterbrochen habe. Jetzt möchte ich *euch* bitten, Wort zu halten. Ich will eine Nacht über all das Gesagte schlafen, bevor ich über euren Antrag entscheide. Seid bitte morgen um 8 Uhr hier in meinem Büro."

Da war sie wieder, diese Bitte, die keine Bitte, sondern eine Anordnung war. Boris stand auf.

„Danke, Damian, für deine wertvolle Zeit", sagte er. „Ich bleibe in deiner Schuld für deine Geduld mit uns. Wir sehen uns also morgen. Komm, Michail, lass uns gehen!"

Michail sprang reflexartig von seinem Stuhl und folgte seinem Großvater. Er konnte nicht glauben, dass er das alles dem Großen Vorsitzenden erzählt hatte und dieser ihm nun trotzdem erlaubte, einfach nach Hause zu gehen. War das vielleicht eine Falle und würden sie später zu Hause abgeholt, um zu einer Umerziehung geschickt zu werden? Michail fühlte Unsicherheit. Kaum waren beide draußen, fragte er seinen Großvater: „War das gut, oder haben wir es vermasselt?"

„Ach, Michail", sagte der Großvater, „das weiß ich selber nicht. Damian ist nicht so leicht zu lesen. Doch er hat zugehört und nicht sofort alles für Blasphemie und Unterwanderung unserer Partei deklariert. Das ist schon mal ein Gewinn, wenn wir bedenken, wie die anderen auf deine Thesen reagieren. Er ist ein intelligenter Mann und wird ernsthaft über alles nachdenken, darauf können wir uns verlassen. Morgen um diese Zeit sind wir schlauer."

„Du hast Recht Großvater, heute können wir nichts mehr tun. Gehen wir nach Hause und kümmern uns um den Hof. Den haben wir in den letzten Tagen komplett vernachlässigt."

Sie waren schon ein gutes Stück ihres Weges gegangen, da holte sie die Sekretärin ein.

„Stopp! Stopp!", rief sie laut. „Boris, hörst du mich?"

Boris blieb stehen, drehte sich um und wartete, bis die Sekretärin sie eingeholt hatte. Was sie wohl von ihm wollte?

„Was ist los?", fragte er mürrisch. „Warum läufst du uns hinterher und schreist hier rum, dass die ganze Gemeinde dich hören kann?"

„Er will dich kurz sprechen", antwortete die Sekretärin atemlos, ohne auf den Vorwurf von Boris einzugehen.

Boris und Michail machten kehrt und wollten gemeinsam zurück zum Gemeindehaus gehen.

„Allein!", sagte die Sekretärin bedeutungsvoll und entschieden.

Michail stockte in der Bewegung und zuckte zusammen. War es das? Hatten sie es doch übertrieben? Er schaute fragend seinen Großvater an und wusste nicht, was er tun soll. Der Alte schaute ihn an, seufzte und bemühte sich um ein Lächeln.

„Ist schon in Ordnung, Michail", sagte er gefasst. „Geh du nach Hause und kümmere die um den Hof. Ich komme so schnell ich kann nach."

Dann wandte er sich an die Sekretärin: „Lass uns gehen, oder wolltest du hier Wurzeln schlagen?"

Als die beiden außer Hörweite von Michail waren, bohrte Boris nach: „Weißt du, worum es geht? Hat er etwas gesagt? War er wütend?"

„Ich habe keine Ahnung", antwortete sie. „Aber wütend war er nicht. Eher …, nachdenklich. Und besorgt."

Das beruhigte Boris ein bisschen.

Als er bei Damian im Arbeitszimmer ankam, schloss er die Tür hinter sich zu und blieb gleich stehen, ohne sich auch nur einen Schritt dem Schreibtisch zu nähern. Damian schaute ihn lange an, ohne ein Wort zu sagen. Boris hatte den Eindruck, Damian versuchte, ihn mit den Augen zu sezieren. Diese Ruhe war unerträglich. Irgendwann stand Damian auf und kam auf ihn zu.

„Das war sehr mutig von euch!", sagte er mit tiefer Stimme. „Ich wusste schon immer, dass du mir gegenüber ehrlich bist. Dein Rat war nicht immer der bequemste, aber hat mir immer sehr geholfen."

„Danke, dafür bin ich ja da, oder? Sind wir noch Freunde?", wollte Boris wissen.

„Mehr denn je", antwortete Damian. „War das dein Einfall?"

„Nein, Michail kam von alleine darauf. Er hat auch mir erst die Augen geöffnet. Ich war mir allerdings nicht sicher, wie du darauf reagieren würdest."

Der Große Vorsitzende ließ kurz ein Lächeln über sein Gesicht huschen, bevor er ernst sagte: „Ja, am Anfang dachte ich, ihr spinnt. Ich gebe zu, jeder andere wäre schon auf dem Weg zur Umerziehung. Wie stabil ist Michail?"

Boris beeilte sich mit der Antwort.

„Sehr! Er ist mit Herz und Seele auf unserer Seite. Er würde für die Partei sterben."

„Boris, sag mir ehrlich, mein Freund: Hast du keine Angst, dass er all den Versuchungen da draußen erliegen könnte?"

„Die Gefahr besteht ja immer", entgegnete Boris diplomatisch, „aber wie ich schon sagte: besser jetzt als in der Vergangenheit. Um ehrlich zu sein …, nein! Ich sehe die Gefahr nicht."

Die Erleichterung Damians war spürbar im Raum. Er vertraute Boris Wort.

„Dann machen wir Folgendes: Morgen früh um 8 Uhr seid ihr bitte hier, wie besprochen. Bis dahin werde ich den Gemeinderat informieren und dafür sorgen, dass alle mit der Unternehmung einverstanden sind. Das übernehme besser ich, dich würden sie als subversives Element in Stücke zerreißen. Wahrscheinlich werden bei unserem Treffen morgen früh alle Ratsmitglieder anwesend sein. Seid bereit! Und sorge dafür, dass ihr beide sehr überzeugend klingt. Vor allem Michail muss ganz klar zeigen, dass er zuverlässig und der Aufgabe gewachsen ist. Und jetzt lass mich wieder allein. Ich muss nachdenken."

Boris legte seine Rechte auf die Türklinke, schaute noch einmal zu Damian und verabschiedete sich.

„Dann also bis morgen, mein Freund!"

Boris ging hinaus und als er draußen in der Sonne war, kam sie ihm noch schöner als sonst vor. Er begann zu glauben, dass sie dieses Mal eine echte Chance hatten, endlich erfolgreich zu sein. So beeilte er sich auf seinem Weg zum Haus, um Michail die gute Nachricht zu überbringen. Sicher war sein Enkel in höchster Sorge, da wollte Boris ihn nicht warten lassen.

Schon von weitem konnte er Michail auf der Veranda sehen. Er hielt Ausschau nach ihm und lief ihm sofort entgegen.

„Und?", fragte Michail aufgeregt. „Was hat er gesagt?"

„Er ist einverstanden mit unserem Vorschlag und wird jetzt den Gemeinderat informieren. Morgen früh werden wahrscheinlich alle dabei sein. Wir haben den Stein ins Rollen gebracht, mehr können wir momentan nicht tun. Jedenfalls bis morgen nicht", berichtete Großvater.

„Dann ist es nicht schlecht gelaufen, oder?", wollte Michail, immer noch verunsichert, wissen.

Großvater klopfte ihm leicht beruhigend auf die Schulter.

„Nein, bis jetzt nicht. Aber erst morgen wissen wir, ob wir das ganze Rennen gewonnen oder nur einen Etappensieg erzielt haben. In jedem Fall müssen wir uns gut auf das Gespräch vorbereiten, mein Junge, nicht alle werden so geduldig wie Damian sein. Wie du weißt, sind nicht alle unsere Freunde. Morgen musst du mich wieder zuerst reden lassen. Dann musst du dich darauf konzentrieren, alle von deiner unerschütterlichen Gesinnung zu überzeugen. Sie müssen verstehen, dass deine Parteitreue durch nichts ins Wanken gebracht werden kann".

Der Großvater setzte seinen Weg zum Haus fort, blieb jedoch noch einmal stehen. Er wandte sich lächelnd zu Michail und klopfte ihm abermals auf die Schulter.

„Gut gemacht, mein Junge, wirklich gut gemacht!", sagte er lobend und stolz.

Dann ging er weiter, ohne auf Michail zu warten. Den Jungen überkam ein Gefühl des Glücks, er hätte am liebsten laut gejubelt! Er holte seinen Großvater ein und sie gingen Seite an Seite und schweigend zum Haus.

Kapitel 6

Am nächsten Tag standen beide pünktlich um 8 Uhr vor der Tür zum Großen Plenarsaal und warteten, hereingelassen zu werden. Sie hatten beide kaum ein Wort gewechselt, seitdem sie aufgestanden waren. Die innere Anspannung war ins Unermessliche gestiegen und kaum auszuhalten.

Plötzlich öffnete sich die Tür, und der Große Vorsitzende kam auf sie zu. Er schaute Großvater in die Augen, legte beide Hände auf seine Schultern und sagte: „Viel Glück, mein Freund! Ich habe versucht, das Terrain so gut wie möglich zu ebnen. Jetzt seid ihr am Zug! Hoffentlich habt ihr euch gut vorbereitet!?"

Er drehte sich um und ging zurück in den Plenarsaal, ohne eine Antwort von Großvater oder Michail abzuwarten.

Großvater stand auf und folgte ihm. Michail blieb für eine Sekunde stehen, atmete tief ein und eilte mit großen Schritten hinterher. Als Letzter betrat er den Raum und schloss die Türe hinter sich. Er blickte sich um und sah den gesamten Gemeinderat versammelt. Alle saßen auf ihren angestammten Plätzen und schauten Großvater und ihn mit strengen, undurchschaubaren Mienen an.

Der Große Vorsitzende nahm Platz auf seinen Stuhl, der viel größer und höher als alle andere war, wies mit der rechten Hand auf zwei freie Stühle und sagte mit gewohnt strenger Stimme: „Nehmen Sie Platz, Genossen!"

Er wusste ganz genau, dass er in der Öffentlichkeit Stärke zeigen musste. Ihm war klar, dass er heute, zumindest äußerlich, nicht wohlwollend sondern unparteiisch und sehr kritisch sein musste. Ansonsten bestand die Gefahr, dass seine Freundschaft zu Boris, die vielen ohnehin ein Dorn im Auge war, sich zu einem Bumerang entwickelte. Die anderen waren häufig der Ansicht, dass Boris zu viel Einfluss besaß.

Er ergriff das Wort wieder.

„Bevor wir anfangen, möchte ich alle der Vollständigkeit halber darauf hinweisen, dass diese Sitzung unter höchster Geheimstufe steht. Niemand darf je ein Wort darüber außerhalb dieses Raumes mit anderen Personen außer mit den hier Anwesenden reden. Es dürfen weder Notizen noch Mitschnitte gemacht werden. Jeglicher Verstoß wird mit einer Gefängnisstrafe von mindestens 10 Jahren bestraft. Außerdem wird die ganze Familie des Verräters zu Umerziehungsmaßnahmen für mindestens 5 Jahren verschickt. Ist das klar für alle?"

Damian blickte der Reihe nach jeden kurz und eindringlich an.

Als er mit allen durch war, sprach er weiter.

„Wir haben uns heute versammelt, um die Vorbereitungen für die nächste Zeitreise zu besprechen. Vor langer Zeit fiel die Wahl auf Michail, der heute zum ersten Mal in seinem Leben an dieser Sitzung teilnimmt."

Er schaute Michail an und sagte mit freundlicher Stimme: „Willkommen in unserem Kreis, mein Junge! Ich hoffe, du weißt die Ehre zu schätzen, die dir dadurch heute zuteilt wird.

Damian ließ Michail keine Zeit, darauf zu antworten, sondern setzte seine Rede fort.

„Wir wissen alle, dass unsere letzten Versuche nicht von Erfolg gekrönt waren und dass dieser Versuch unsere letzte Chance ist. Unsere Kraft reicht leider für einen weiteren Versuch nicht mehr! Also müssen wir das Beste daraus machen, sonst haben wir für immer kläglich versagt!"

Um sicherzustellen, dass jeder seine Worte verstanden hatte, machte er eine kurze, bedeutungsvolle Pause. Doch natürlich hatten alle Mitglieder des Rates seinen Worten mit höchster Konzentration gelauscht und sahen unbeirrt zu ihm hin, so dass er sich nun an Boris wandte.

„Genosse, ich habe den Rat über unser Gespräch von gestern Abend informiert und die Mitglieder über eure Gedankengänge und Vorschläge in Kenntnis gesetzt. Natürlich ist es am besten, wenn sie alles nun noch einmal direkt mit deinen Worten hören, bevor der Gemeinderat seine endgültige Entscheidung trifft. Würdest du bitte uns allen die wichtigsten Punkte darlegen?"

Großvater stand auf und ging in die Mitte des Saales, ohne ein Wort zu sagen. Er blieb stehen, schaute jeden einzelnen der fünf Mitglieder an und begann, mit ruhiger und tiefer Stimme zu sprechen.

„Geehrter Großer Vorsitzender, geehrte Mitglieder des Gemeinderats. Zuerst möchte ich mich bei Ihnen für die Chance bedanken, Ihnen unseren Vorschlag persönlich erörtern zu dürfen. Ich weiß, wie wichtig und knapp Ihre geschätzte Zeit ist!"

Sie nickten wohlwollend. Boris nahm das zur Kenntnis und sprach weiter.

„Zweitens möchte ich sehr deutlich meine Ergebenheit und die meines Enkels Michail unserer Partei, unseren Zielen und unserem Vaterland gegenüber deutlich betonen. Es gibt nichts auf dieser Welt, was unsere uneingeschränkte Loyalität ändern könnte! Ich hoffe, Sie alle wissen das und werden es im Laufe dieser Sitzung stets berücksichtigen."

Boris schaute erneut in die Runde, und erkannte, dass seine Botschaft bei jedem angekommen war.

„Nicht zuletzt möchte ich dem hohen Gemeinderat unseren uneingeschränkten Gehorsam zusichern. Ihre heutige Entscheidung, wie auch immer sie ausfällt, wird von uns ohne Einschränkungen mit hoher Motivation und Elan umgesetzt."

Damian hörte aufmerksam zu und billigte den Einstieg seines Freundes sehr, indem er fast unmerklich nickte. Boris war gerade dabei, die Befürchtungen mancher Mitglieder des Gemeinderates zu zerstreuen, die stets einen Machtverlust fürchteten. Vielen war Damian als Vorsitzender zu mächtig geworden und sie hegten Groll wegen der Einflussnahme von Boris auf seine Entscheidungen.

„Darf ich fortfahren, geehrte Genossen?", fragte Großvater unterwürfig.

Damian hielt sich mit seiner Antwort absichtlich zurück, bis er von jedem Mitglied ein Kopfnicken zum Einverständnis zur Kenntnis nehmen konnte.

„Bitte, Genosse", sagte er dann zu Boris, „fahre fort."

Großvater begann nun, die ganzen Überlegungen, die er mit Michail angestellt hatte, darzulegen. Er erklärte die Vorgehensweise bei der Fehleranalyse und die Schlüsse, die sich aus seiner Sicht aufdrängten, sehr genau. Die Ratsmitglieder hörten aufmerksam zu, ohne ein Wort zu sagen oder ihren Gesichtsausdruck zu verändern. Es lag Boris überhaupt nicht, jemandem Honig um den Bart zu schmieren. Doch so sehr er es hasste, blieb ihm hier in dieser Runde nichts anderes übrig. Und weil es diesmal nicht um irgendwas, sondern um alles ging, überwand er seine Abneigung gern und zog alle Register, die Ratsmitglieder von dem wichtigen Vorhaben zu überzeugen.

Damian war äußerst positiv überrascht, wie geschickt und diplomatisch zugleich Boris sein Anliegen vortrug. Sein Freund wusste schon immer gut, wie man Menschen beeinflusst und sie zu den Entscheidungen veranlasste, die gewünscht und nötig waren, wobei die Entscheider stets überzeugt davon waren, eine unabhängige, freie Wahl getroffen zu haben. Heute übertraf Boris sich selbst!

Als er fertig war, setzte sich Großvater zu Michail, betrachtete die Gesichter aller Anwesenden und wartete. Bis auf zwei der Ratsmitglieder, die sich etwas ins Ohr flüsterten, saßen alle reglos und ruhig da. Deshalb stand der Großvater wieder auf.

„Natürlich stehe ich Ihnen jetzt sehr gerne für Ihre geschätzten Fragen zur Verfügung", sagte er.

Erneut trat völlige Stille ein, nachdem Großvaters Worte im Raum verhallt waren. Wenige Augenblicke später jedoch wurde die erste Frage gestellt.

„Angenommen, wir würden all dem zustimmen …, welche Garantie haben wir, dass der junge Mann standhaft bleibt?"

Boris schmunzelte innerlich, während sein Gesicht unbewegt blieb. Er hatte dieses Thema absichtlich ausgelassen und versucht, genau diese Frage zu provozieren und wusste genau, dass seine Argumente nur durch den Überraschungseffekt erfolgreich sein konnten.

Er schaute den Fragenden an und sagte mit ruhiger Stimme: „Keine!"

Bewusst machte er eine Pause, um seine Antwort wirken zu lassen. Unter den Ratsmitgliedern machte sich Nervosität breit.

„Absolut keine!", sprach Boris weiter. „Aber welche Garantie haben wir, dass er in die Vergangenheit reist und sich dort von all den Versuchungen nicht verleiten lässt? Die haben wir doch ebenso wenig, oder?"

Boris sah jeden Anwesenden an mit einem Blick, als würde er auf eine Antwort warten. Dabei war vollkommen klar, dass ihm niemand antworten würde. Sekunde um Sekunde ließ er verstreichen, wie eine gefühlte Ewigkeit, dann begann er mit seiner Darstellung.

„Unser Vorschlag hat einen entscheidenden Vorteil: Sie können nach seiner Rückkehr und vor der Reise persönlich überprüfen, ob Michail noch vertrauenswürdig ist oder nicht. Sollten Sie zu dem Schluss kommen, dass er das nicht ist, dann können Sie jemanden anderen nach dem bisher erfolglosen Muster in die Vergangenheit schicken. Sollten Sie jedoch zu dem Ergebnis kommen, dass die vorgeschlagene Vorgehensweise erfolgverprechender und Michail immer noch vertrauenswürdig ist, dann haben wir meiner Meinung nach endlich eine echte Chance, in unserem Sinne die Geschichte zu verändern. Sie haben natürlich wie immer das letzte Wort, und damit haben nun Sie es in der Hand, zu entscheiden."

Großvater nahm wieder Platz auf seinem Stuhl. Seine Körperhaltung und der ruhig wirkende Gesichtsausdruck signalisierten, dass genug geredet war. Nun möge man entscheiden.

Damian ergriff das Wort.

„Vielen Dank, Genosse, für deine Ausführungen. Bitte verlasst jetzt beide den Raum, damit der Rat und ich in Ruhe entscheiden können. Bleibt aber vor der Tür, wir rufen euch herein, wenn wir zu einem Entschluss gelangt sind."

Boris und Michail verließen ohne ein Wort den Raum. Sie gingen aber vor das Gebäude ins Freie, um in Ruhe miteinander sprechen zu können. Michail konnte es kaum erwarten, endlich seiner Bewunderung freien Lauf zu lassen.

„Großvater, du warst großartig!", sagte er stolz. „So etwas habe ich noch nie erlebt. Das war große Klasse!"

„Danke, Michail", erwiderte der Großvater. „All die Rhetorikkurse müssen sich doch irgendwann bezahlt machen, oder?"

Dabei lächelte er Michail zufrieden an. Doch er fühlte sich nun müde. Die intensiven Gespräche und die vielen tiefen Gedanken der letzten Tage hatten an seinen Kräften gezehrt. Am meisten betrübte ihn, dass er in wenigen Tagen seinen geliebten Enkel Michail für immer verlieren würde.

Vielleicht hätte er mit seinem Vortrag im Gemeinderat viel weniger überzeugend sein sollen? Würde er scheitern, bliebe Michail bei ihm.

Rasch verwarf er den Gedanken, zu dem er sich hatte hinreißen lassen. Michail würde nicht mehr derselbe und sehr unglücklich sein. Außerdem stand zu viel auf dem Spiel. Er durfte nicht egoistisch sein, denn er war nach den letzten Tagen ja auch überzeugter denn je, dass Michail der Richtige für das Vorhaben war. Er wusste, dass nur Michail eine echte Chance hatte, alles zum Guten zu wenden. Die anderen würden wieder versagen und das wollte und konnte er nicht zulassen. Jeder musste sein Opfer bringen, auch er. Trotzdem blieb die in Aussicht stehende Trennung von Michail sein mit Abstand größtes Opfer in einer langen Reihe.

Jetzt hatte er es sowieso nicht mehr in der Hand. Das einzige, was er noch tun konnte, war, zu warten. Er schaute sich die Berge an und konnte sich wie immer an ihnen nicht satt sehen. Was hatte er für ein unbeschreibliches Glück gehabt, hier gelandet zu sein. Er wusste von anderen Gemeinden, denen es nicht so gut ging. Vor allem konnten sie nicht so gut von ihren Freunden geschützt werden. Es gab immer wieder Anfeindungen jeglicher Art: über die Presse, die sie alle „ewig Gestrige" nannte, Behörden die alles blockierten, und so weiter .... Einen sehr großen Vorteil hatte diese Welt auf jeden Fall, auch wenn Boris das eher als Schwäche des herrschenden Systems ansah: Gewalttätigkeiten gegen Andersdenkende waren total verpönt und nicht mehr zu befürchten. Von dieser Gelassenheit profitierten die Partei und ihre Anhänger sehr stark.

Das Fenster vom Sitzungssaal wurde geöffnet und Damian rief laut zu den beiden hinunter: „Da seid ihr ja! Ihr solltet doch vor der Türe warten!"

„Ich bitte um Entschuldigung", rief Großvater zurück. „Ich brauchte einfach ein bisschen frische Luft. Außerdem dachte ich, dass es länger dauern würde. Wir kommen sofort."

Als sie drinnen waren, bat man sie Platz, zu nehmen. Überraschenderweise ergriff nicht Damian sondern der Politoffizier das Wort. Er ging in die Mitte des Raumes, so dass er Boris und Michail wie bei einem Kreuzverhör aus der Nähe in die Augen sehen konnte und legte gleich los.

„So, Genossen!", sagte er und das klang bedrohlich. „Sie sind mit unserer bisherigen Vorgehensweise also nicht einverstanden? Sie wagen es, die Partei zu kritisieren?"

Boris hörte überrascht zu. Mit solchen Vorwürfen in diesem Ton hatte er überhaupt nicht gerechnet. Es hörte sich mehr nach einer Verurteilung und nicht nach einer Entscheidung an! Ihm gefiel überhaupt nicht, in welche Richtung sich alles entwickelte. Trotzdem schwieg er und hörte weiter zu. Es war nicht der richtige Zeitpunkt für einen Widerspruch. Hoffentlich blieb sein Enkel ruhig.

„Sie sind sehr ruhig, stelle ich fest", setzte der Politoffizier seine Rede fort. „Hat es Ihnen die Sprache verschlagen? Oder haben Sie nicht genügend Mut, in der Öffentlichkeit Ihre subversiven Gedanken laut kundzutun? Sie arbeiten wohl lieber im Verborgenen, oder?"

Boris blieb weiterhin stumm und war überrascht, dass Damian zuließ, was hier gerade passierte. Er beschloss, sich zu den Vorwürfen zu äußern. Doch bevor er etwas sagen konnte, stand Michail auf und begann zu sprechen.

„Michail, lass mich reden!", wollte der Großvater ihn stoppen.

„Nein, Großvater", widersprach der Enkel mit überraschender Festigkeit. „Diesmal nicht. Alles war schließlich meine Idee!"

Michail wandte sich dem Politoffizier zu, blickte ihm tief in die Augen und sagte mit nur scheinbar unendlich ruhiger Stimme: „Geehrter Genosse, ich bin nicht nur über die schweren und grundlosen Vorwürfe, die Sie uns machen, empört, sondern auch über Ihren respektlosen Ton!"

Michail machte eine Pause, ließ seine Worte wirken und schaute währenddessen unablässig direkt in die Augen dieses Mannes, vor dem alle höllische Angst hatten. Sogar Mitglieder des Gemeinderates fühlten sich in seiner Anwesenheit unwohl. Der Politoffizier öffnete bereits den Mund zu einer Erwiderung, doch Michail ignorierte dies und sprach weiter.

„Lassen Sie uns bitte einmal ein paar Punkte der Reihe nach erläutern. Erstens möchte ich wissen, ob Sie folgender Aussage zustimmen können oder nicht: Die Verdienste meiner Familie seit Generationen und die meines Großvaters insbesondere um unsere Partei und unser Land können und werden nicht in Frage gestellt!"

Der Politoffizier wollte scheinbar zu einer langen Rede ansetzen. Michail unterbrach ihn höflich, aber bestimmt.

„Ein einfaches Ja oder Nein genügt vollkommen."

Der Politoffizier wirkte völlig irritiert. Er war es nicht gewöhnt, dass andere ihm vorschreiben, wann und was er zu sagen hatte. Allein dass jemand es wagte, ihm in dieser Weise die Stirn zu bieten, empfand er als unerhört. Hilfe suchend schaute er in die Gesichter der Ratsmitglieder. Doch diese schauten nur mit unbeweglichen Mienen zu. Dann wandte er sich wieder Michail zu und antwortete mit einer Stimme, die Unsicherheit verriet.

„Ja, aber …", und weiter kam er nicht.

„Danke, verehrter Genosse", sprach Michail, „wir haben Ihre Antwort verstanden! Nun zu meiner nächsten Frage: Bitte erklären Sie uns den Zusammenhang zwischen meinen Vorschlägen und einer angeblichen Kritik an unserer Partei. Können Sie uns bitte helfen, diesen zu verstehen?"

Der Politoffizier stand da und verstand die Welt nicht mehr. Dieser Junge erlaubte sich tatsächlich, den Spieß umzudrehen und ihn regelrecht zu verhören! Und das vor dem gesamten Gemeinderat! Und immer noch bekam er von den anderen Ratsmitgliedern keine Unterstützung.

„Nun ja", begann er zögerlich, „die Partei hat das ganze Projekt finanziert und gemeinschaftlich die bisher durchgeführte Vorgehensweise entschieden."

„Können Sie mir die Partei zeigen?", fragte Michail und in seiner Stimme schwang ein provokanter Unterton. „Ich möchte ihr gerne 'guten Tag' sagen."

Was wollte er? Für Bruchteile einer Sekunde wollte der Politoffizier ihn laut brüllend zur Ordnung rufen. Ließ es jedoch in Anbetracht der nicht vorhandenen Hilfe der Ratsgenossen bleiben.

„Wie meinen Sie das?", fragte er stattdessen.

„Sie sagten 'die Partei' hat entschieden. Ich dachte, dass Menschen innerhalb dieser Gemeinschaft - also wichtige Genossen – entschieden haben. Oder sind Parteiführer keine Menschen?"

„Doch, doch, natürlich sind sie das", antwortete der Politoffizier.

War es nur Einbildung, oder entdeckte Boris im Gesicht des einen oder anderen Ratsmitgliedes ein nur schwer zu unterdrückendes Lächeln? Gespannt hörte er weiterhin aufmerksam zu. Er fand, Michail machte sich sehr gut.

„Genauso wie ich", sagte Michail. „Auch ich bin Teil dieser Partei, wenn auch ein etwas unbedeutender. Ich bin zwar kein Entscheidungsträger, aber bin stolz darauf, zu dieser wichtigen Gemeinschaft zu gehören."

„Wie ich", beeilte sich der Politoffizier zu sagen.

„Fühlen Sie sich von mir kritisiert?", fragte Michail und schaute ihn mit offenem Blick an.

Ohne dessen Antwort abzuwarten, wandte er sich an die Ratsmitglieder.

„Hochgeschätzte Ratsmitglieder, bitte sagen Sie es mir, ob Sie sich von meinen bescheidenen Vorschlägen kritisiert oder gar angegriffen fühlen. Haben Sie den Eindruck, dass ich die Partei und unser aller Ziele in Frage stelle und mich respektlos zu ihr verhalte?", fragte er und sprach nach kurzem Räuspern weiter. „Vorab möchte ich Ihnen in aller Bescheidenheit und bei allem Respekt versichern, dass diese Absicht mir absolut fern liegt. Ich habe mein Leben lang nach bestem Wissen und Gewissen der Partei gedient und werde nicht aufhören damit! Stets habe ich nach einem Weg gesucht, unsere Weltanschauung auf der ganzen Welt zu etablieren, weil ich von ihrer Richtigkeit überzeugt bin. Lebenslange Treue habe ich dieser Partei geschworen. Und jetzt bietet sich die einmalige Chance, mein Ziel, das doch unser aller Ziel ist, zu realisieren. Nicht Kritik und Widerspruch lagen mir im Sinn. Ich wollte und will, dass wir endlich wieder die Sieger sind!"

Michail hörte auf zu reden. Er hatte alles gesagt, hatte mutig eine empfindliche Grenze überschritten und fügte sich nun in das, was immer geschehen würde. Stille herrschte im Raum und sie wirkte erneut bedrohlich. Niemand sagte ein Wort.

Damian war es, der sich plötzlich regte, sich vom Stuhl erhob und mit ungewohnt fröhlichem Klang in seiner sonst so strengen Stimme sagte: „Also, ich für mein Teil, bin überzeugt. Was meint ihr?"

Alle Ratsmitglieder nickten zufrieden. Der Politoffizier schaute mit offensichtlicher Fassungslosigkeit in die Runde und verstand die Welt endgültig nicht mehr. Dieser Junge hatte es tatsächlich geschafft, den gesamten Gemeinderat mit seinem einfach nicht akzeptablen Vorschlag und dem respektlosen Vortrag auf seine Seite zu ziehen. Er hingegen stand machtlos da. Man hatte ihn im Stich gelassen, hatte gebilligt, dass dieser Jungspund ihm die Rede verbot und schließlich hatten alle mit angesehen, wie er das Verbalgefecht verlor. Er fühlte sich gedemütigt und ging schweigend zu seinem Platz zurück.

Nachdem Damian das stillschweigende Einverständnis aller Ratsmitglieder eingeholt hatte, wandte er sich zu Boris und Michail und sagte ihnen mit unverhohlener Freude: „Ihr habt unser Vertrauen und unsere Unterstützung! Wie geht es jetzt weiter?"

Dabei schaute er wie alle anderen auch erwartungsvoll nur Michail an. Der konnte sein Glück überhaupt noch nicht recht fassen. Einen Augenblick brauchte er, bis er antworten konnte.

„Ich würde in zwei Tagen auf eine Reise durch die heutige Welt aufbrechen. Über die genaue Route möchte ich noch in Ruhe nachdenken. Außerdem benötige ich eine neue Identität, damit mir mein Name nicht im Wege steht oder uns alle in Gefahr bringt. Mein Ziel wird es sein, die heutige Weltordnung unseres Feindes so gut wie möglich zu verstehen. Ich komme erst dann zurück, wenn ich meine, genug gesehen zu haben. Wahrscheinlich werde ich ein paar Monate brauchen. Wenn ich zurück bin, werde ich Ihnen ausführlich Bericht erstatten und hoffentlich auch schon einen Vorschlag für unsere weitere Vorgehensweise unterbreiten können."

„Einverstanden!", sagte Damian entschieden. „Boris, bitte sorge du dafür, dass der junge Mann mit allem ausgestattet wird, was er brauchen könnte. Er soll vor allem genügend Geld mitnehmen."

Boris stand auf und antwortete in fast militärischem Ton: „Verstanden! Dürfen wir uns zurückziehen? Ich würde gerne sofort mit den Vorbereitungen anfangen."

„Natürlich, geht nur!"

Als sie draußen waren, blieb Großvater stehen und schaute sich eine Zeit lang die Berge an. Dann marschierte er los in Richtung Haus, ohne ein Wort zu sagen. Michail wusste nicht, wie er dieses Schweigen deuten sollte und fragte: „Alles in Ordnung, Großvater?"

„Aber ja, jetzt ja", antwortete er.

Seine Miene verfinsterte sich jedoch sofort und er fügte leise hinzu: „Du hast zu viel riskiert heute Abend. Du hast dir einen mächtigen Feind geschaffen."

„Ach Großvater, so schlimm wird es schon nicht sein!", entgegnete Michail leichthin. „Dafür müsste er mir in die Vergangenheit folgen, oder?"

Michail lachte. Da blieb der Großvater stehen, sah ihn an und lachte lauthals mit.

Zu Hause angekommen begann der Großvater, über das Leben da draußen zu erzählen. Er sprach von den Versuchungen, die Michail da draußen erwarten würden: Frauen, Glücksspiele, Drogen. Er warnte vor noch anderen Versuchungen, die nicht so leicht als solche zu erkennen waren: Werbung, die unbekannte Bedürfnisse erzeugte, und die dazu führte, mehr und mehr haben zu wollen. Vor allem mehr von den Dingen, die man zum Leben wirklich nicht brauchte: ein eigenes Auto, ein eigener Fernseher, ein großes Haus, Reisen wohin man wollte.

Großvater versuchte ihm klar zu machen, dass diese Versuchungen gefährlicher waren, als alle anderen. Genau sie waren es, die ihr Land ins Unglück gestürzt hatten. Diese künstlich erzeugten und nicht nachvollziehbaren Sehnsüchte nach der sogenannten „individuellen Freiheit" seien der Anfang allen Übels! Michail sollte sich gefälligst in Acht nehmen, wenn er da draußen auf sich allein gestellt sein würde.

Michail versuchte, seinen Großvater zu beruhigen. Er fühlte sich stark, wusste, was richtig oder falsch war. Darüber hatten beide doch so oft gesprochen, und Michail hatte unendlich viel gelesen. Er hatte sein Ziel und davon würde er keinen Millimeter abweichen. Er bat seinen Großvater, dass dieser doch mehr Vertrauen zu ihm haben sollte.

Irgendwann in der Nacht gingen beide erschöpft zu Bett.

Kapitel 7

Gleich am nächsten Tag begannen sie mit den Vorbereitungen. Michail wollte kaum Gepäck mitnehmen, damit er nicht viel schleppen musste. Großvater befürchtete aber, dass Michail bei der Besorgung von Dingen, die er jetzt nicht mitnahm, in Versuchung kommen könnte, sich auch Sachen zu kaufen, die er nicht wirklich brauchte. Über dieses Thema entstand eine Diskussion, denn Michail schob natürlich jegliche Befürchtungen seines Großvaters weit von sich. Es dauerte geraume Zeit, bis Großvater akzeptierte, dass Michail kein kleiner Junge mehr war, den man belehren musste, um ihn zu schützen. Und so beschloss er, Vertrauen in Michails Reife und Fähigkeiten zu haben.

„Großvater", sagte Michail, „lass uns doch lieber darüber diskutieren, wohin ich zuerst reisen soll und was ich unbedingt sehen muss, damit ich unseren Feind so gut wie möglich kennenlerne und verstehe."

„Bevor du weggehst, möchte ich, dass du einen ganzen Tag fern guckst", erwiderte der Alte.

„Wie meinst du das?", fragte Michail und glaubte, Großvater sei zu Scherzen aufgelegt.

„Doch, doch, ich meine das durchaus ernst", entgegnete Großvater Boris, der den Unglauben in Michails Augen erkannte. „Ich meine nicht die üblichen Fernsehkanäle, sondern jene, die du bisher nie gesehen hast. Das wäre ein guter Einstieg für dich."

„Aha, und wo kann ich das machen?"

„Ich habe mir einen speziellen Empfänger geben lassen, der keinen Filter hat. Wir können es bei uns zu Hause anschauen."

Das war wieder eines dieser Privilegien, die Großvater genoss. Er war einer der wenigen, die überhaupt einen Fernseher ihr Eigentum nennen durften. Michail war schon immer stolz darauf, weil es ihm das Gefühl gab, etwas Besonderes zu sein.

„Wenn du da draußen bist", fuhr Großvater fort, „musst du unbedingt zu einer Universität gehen. Besuch' Vorlesungen und verwickle die Studenten während der Pausen in Gespräche. Sag nicht, woher du kommst oder welcher Partei du angehörst. Höre ihnen aufmerksam zu und versuche herauszufinden, womit sie auf unsere Seite gelockt werden könnten. Versuch' deren Werteskala zu ermitteln. Wichtig ist, zu verstehen, was sie für wichtig erachten. Die Menschen hören nur dann zu, wenn man Themen anspricht, die sie bewegen. Du musst mehrere Länder bereisen, nur so kannst du die heutige Welt verstehen. Geh zuerst in die USA und dann nach Deutschland. Hinterher wirst du sehr genau wissen, welche anderen Länder du noch besuchen musst. Glaube mir, du wirst es wissen! Und jetzt lass' uns fernsehen!"

Großvater schien es zu genießen, dass er wieder einmal etwas machen konnte, was anderen verwehrt blieb. Michail spürte die Freude in der Stimme seines Großvaters. Er wirkte dabei wie ein kleines Kind, das sich über ein Geschenk sehr freute.

In den folgenden 24 Stunden schauten sie mit kleinen Unterbrechungen viele TV-Sendungen der 'freien Welt' an. Ihr hauptsächliches Interesse galt den Nachrichten, politischen Talkshows und wissenschaftlichen Dokumentationen über die historischen Ereignisse der letzten 100 Jahre.

Michail war fasziniert und nahm alles konzentriert und aufmerksam auf. Vieles war ihm neu, ebenso vieles aber auch nicht. Irgendwann verstand er auch die Sorgen seines Großvaters. Alles war so bunt, die Diskussionen so ungezwungen, jeder Mensch hatte angeblich das Recht auf seine eigene Meinung …, und er durfte sie so laut und so oft er wollte öffentlich kundtun, ohne eine Bestrafung befürchten zu müssen. Im schlimmsten Fall ignorierte man ihn. So etwas wie ein Umerziehungslager wurde nie erwähnt.

Michail sah eine bunte, künstlich wirkende Welt, die nicht von einer alles beherrschenden

Macht geführt wurde und trotzdem gut zu funktionieren schien. Die Menschen in den verschiedenen Sendungen und Talk Shows machten einen unbeschwerten, ja sogar zufriedenen Eindruck.

Michail fragte sich, wie so etwas funktionieren konnte? Er war immer froh und genoss das beruhigende Gefühl, um eine Instanz in seinem Leben zu wissen, die im Notfall für ihn da war, die vieles besser wusste als er und ihm behilflich war, seinen Weg wiederzufinden, wenn es einmal schwierig war. Diese Instanz hielt ihre Hand schützend über ihn und war für ihn da, solange er auf Erden wandelte. Wo mochte diese Hand in der Welt da draußen sein? Gab es sie überhaupt?

Mindestens genauso stark überraschte es Michail, zu sehen, dass die Welt da draußen keineswegs so verschmutzt und kaputt war, wie er immer geglaubt hatte. Er war Zeit seines Lebens davon überzeugt, dass die Natur ausschließlich hier in den Bergen intakt und gesund war. Jetzt aber sah er, dass da draußen alles mindestens genauso in Ordnung war wie hier oben. Außerdem konnte er erkennen, dass in vielen Diskussionen sehr sachlich erläutert wurde, was der einzelne noch mehr für die Umwelt tun konnte. Michail war verwirrt und verunsichert darüber. Es musste doch auch dort eine alles steuernde Hand sein, die so wichtige Angelegenheiten koordinierte und kontrollierte.

Man konnte so etwas doch nicht jedem einzelnen allein überlassen.

Michail war sehr müde und brauchte jetzt seinen Schlaf. So ging er direkt ins Bett und schlief völlig erschöpft in einen tiefen wohltuenden Schlummer.

Im Schlaf träumte er von all den neuen Sachen, die er in den letzten Tagen erfahren hatte. Vor allem beschäftigten ihn die vielen neuen Informationen über die Welt da draußen. Er vermochte einfach nicht zu verstehen, wie sie funktionierte. Am verwirrendsten war, dass er keinen einzigen Bericht über kriegerische Auseinandersetzungen gesehen hat.

Michail wusste jedoch, dass der Mensch von Natur aus dazu neigte, anderen Menschen weh zu tun. Er wusste ebenso, dass der Feind und seine Weltanschauung auf den Einsatz von Waffen setzten, um ihre Ideologien durchzusetzen. Er hatte doch die vielen Friedensdemonstrationen gesehen, die seine Partei, als sie noch an der Macht war, organisierte. Es waren doch damals die einzigen Versuche, den Weltfrieden zu sichern. In manchen vom Feind kontrollierten Ländern existierten zwar kleine Friedensbewegungen, doch platzierte der Feind weiterhin seine Waffen überall auf der Welt. Dadurch wurden andere Länder gezwungen, sich auch zu bewaffnen.

Und genau das war wieder ein guter Beweis für die Überlegenheit einer zentralen Macht: Die Friedensbewegungen im Feindesland waren nicht effizient, weil sie ohne eine zentrale Koordinierungsstelle nicht gut organisiert waren!

Am nächsten Tag wurde Michail von traumhaften Düften aus der Küche geweckt. Es roch wie immer nach Speck und Eiern, nach warmem Brot und Honig und vor allem nach einem sehr guten Kaffee. Den gab es nur zu besonderen Anlässen, weil er Mangelware war. Zumindest hier oben, dachte sich Michail, als er sich an die viele Werbung erinnerte, die er am Vortag gesehen hatte. Angeblich gab es da draußen Kaffee in Hülle und Fülle. Die verschiedensten Sorten aus den entferntesten Ecken der ganzen Welt standen den Menschen dort zur Verfügung.

Michail stand auf und ging in die Küche. Großvater stand am Fenster und schaute sich seine Berge an. Als Michail herein kam, drehte er sich um, lächelte ihn an und fragte mit müder Stimme: „Hast du gut geschlafen, mein Junge?"

„Ja, aber wenn ich dich anschaue, glaube ich, du hast nicht gut geschlafen. Oder?"

Großvater lächelte.

„Tja, ich konnte nicht schlafen und saß die ganze Nacht lang hier an diesem Fenster. Ich wollte mich einfach an all die schönen Jahre erinnern, die wir hier gemeinsam verbracht haben."

Michail sah seinen Großvater liebevoll an.

„Aber, Großvater", sagte er tröstend, „ich bleibe nicht lange weg und komme schon bald wieder."

„Das weiß ich", entgegnete der Alte ernst. „Doch die Reise danach wird eine Reise ohne Wiederkehr."

Michail glaubte für einen Moment, Tränen in den Augen von Großvater zu sehen. Er selbst fühlte einen dicken Kloß im Hals, den er nur mit Mühe verdrängen konnte. Eine Reise ohne Wiederkehr …, schoss es ihm durch den Kopf. Daran hatte er in den letzten Tagen überhaupt nicht gedacht. In der ganzen Aufregung hatte er die unangenehme Seite und Endgültigkeit der Zeitreise vergessen. Jetzt jedoch stand ihm dies so klar vor Augen, dass er sich hilflos fühlte wie noch nie. Eigentlich durfte er doch gerade jetzt seinen Großvater nicht alleine lassen. Es brach die Zeit an, wo er immer schwächer und gebrechlicher wurde. Und genau jetzt sollte er sich um ihn kümmern. Dieser Gedanke stürzte Michail in Verzweiflung und er wusste plötzlich nicht mehr, was richtig und was falsch war.

Der Großvater beobachtete Michail und erkannte mit seiner ganzen Menschenkenntnis und der Liebe zu seinem Enkel dessen inneren Kampf. Er ging auf Michail zu, legte beide Hände auf dessen Schultern und sagte mit sanfter Stimme: „Mach dir um mich keine Sorgen! Ich bin hier nicht alleine. Die Partei wird sich um mich kümmern. Vergiss deine Mission nicht, die ist jetzt am wichtigsten!"

Das stimmt, dachte Michail, die Partei wird sich um Großvater kümmern und für ihn sorgen, so wie er für sie sein ganzes Leben gesorgt hatte. Und das war schon wieder ein Beweis für die Überlegenheit einer allmächtigen Hand, die alles steuert. Da draußen wäre sein Großvater alleine auf sich gestellt, hier jedoch gab es die Partei, die weise alles steuerte. Michail war erleichtert.

„Du hast Recht, Großvater, die Mission ist wichtiger als wir - und du bist nicht alleine! Das ist sehr beruhigend für mich!"

„Für mich auch!", sagte der Alte fest und fügte lachend hinzu: „Und jetzt lass uns endlich essen, sonst verhungere ich sofort und in deiner Gegenwart."

Gleich nach dem Frühstück packte Michail ein paar Sachen ein und wollte sich sofort auf den Weg machen. Ihm war klar geworden, dass es keinen Sinn machte, viel zu planen. Es gab einfach keinen guten Plan. Besser war, er würde jetzt handeln. Also beschloss er, einfach in die Stadt zu marschieren und sein Glück zu versuchen.

Bevor er ging, kam Großvater mit einer kleinen Plastikkarte zu ihm.

„Michail, diese Karte heißt 'Kreditkarte'. Du kannst damit überall alles bezahlen. Was du auch kaufen musst, alles wird direkt vom Konto der Partei abgebucht. Geh' deshalb sehr sorgsam damit um. Sie darf nicht in falsche Hände geraten."

„Ich habe so etwas gestern im Fernsehen gesehen", sagte Michail. „Es gibt sie also wirklich."

Michail war überrascht, dass von solch' einer kleinen Karte so viel Macht ausging und dass man sich damit als Zahlungsmittel alles kaufen konnte. Er fühlte sich stark, als er sie in der Hand hielt. Die Welt lag ihm zu Füßen! Im gleichen Augenblick, als er das dachte, verdunkelten sich seine Augen. Er war gerade im Begriff, zum ersten Mal in seinem Leben die Macht des Geldes zu verspüren und schon erwischte er sich dabei, dass er es genoss.

Michail steckte sie rasch in seine Brieftasche, zog sich schwungvoll den Rucksack über die Schultern und ging auf Großvater zu. Sie schauten sich für einen Augenblick tief in die Augen und fielen sich schweigend in die Arme.

„Ich komme bald wieder, lieber Großvater, hab keine Angst!", sagte Michail. „Ich werde dich und die Partei nicht enttäuschen!"

Boris stand am offenen Küchenfenster und schaute ihm hinterher, bis er nicht mehr zu sehen war. Dann schloss er es sorgfältig zu und ging zum Haus seines alten Freundes Damian hinüber. Er trat ein, setzte sich an den Küchentisch zu ihm und sagte: „Er ist weg."

Damian nickte wissend. Sie schauten einander lange ernst an und schwiegen. Der Ausdruck ihrer alten, von vielen Erfahrungen und Wissen geprägten Gesichter drückte alles aus, was sie dachten: Es gab nun kein Zurück mehr.

Kapitel 8

Die Tage vergingen wie im Flug. Aus den Tagen wurden Wochen und aus den Wochen wurden Monate. Von Michail gab es keine einzige Nachricht. Die Ratsmitglieder konnten zwar anhand der Zahlungen mit der Kreditkarte sehen, wo Michail sich aufhielt, aber nicht daraus schließen, was er machte. Die sehr gute Nachricht war, dass Michail offensichtlich noch alles unter Kontrolle zu haben schien. Er kaufte sich keine besonders teuren Dinge, übernachtete stets in preisgünstigen Hotels und reiste so sparsam wie möglich. Es war deutlich zu erkennen, dass er nur das Notwendigste kaufte. Boris war zufrieden und stolz auf seinen Enkel!

Damian war ebenso zufrieden. Er hatte seine ganze Autorität einsetzen müssen, damit der Rat diese ungewöhnliche Vorgehensweise gegen die ausdrückliche Empfehlung des Politoffiziers genehmigte. Seitdem war der Politoffizier sein Feind, der nur noch auf den kleinsten Fehler wartete, um ihn in seiner Position anzugreifen. Würde Michail nur den kleinsten Hinweis liefern, dass er nicht linientreu geblieben war, würde der Politoffizier Damian dafür verantwortlich machen. Nur zu gerne würde er dann ein Amtsenthebungsverfahren einleiten, und Damian wusste nur zu sicher, dass der Rat aus Angst einer Amtsenthebung zustimmen würde. In der Folge würde man Michail sofort zurückbeordern und ihn gemeinsam mit Boris in einem Umerziehungslager verschwinden lassen.

Doch bisher verhielt sich Michail vorbildlich. Damians Hoffnung wuchs, dass sie dieses Mal die richtige Vorgehensweise gewählt haben könnten. Ja, dachte er leise seufzend, bis jetzt können wir wahrlich zufrieden sein.

Sechs lange Monate waren ins Land gezogen. Eines Abends war Damian bei Boris zu Besuch. Sie saßen am Tisch und tranken gemütlich eine köstliche Tasse echten Bohnenkaffees.

Plötzlich beobachtete Damian, wie sich Boris Augen weiteten und ein Ausdruck der Freude in sein Gesicht zog, als dieser aus dem Fenster schaute. Damian folgte dem Blick seines Freundes und sah eine Silhouette am Horizont, die ihm sehr bekannt vorkam.

Tatsächlich: Michail kam nach Hause zurück!

Ungewöhnlich schwungvoll sprangen die beiden alten Herren von ihren Stühlen auf und liefen ihm entgegen, so schnell sie konnten. Michail sah die beiden und begann selbst, zu rennen. Er nahm seinen Großvater in die Arme und drückte ihn herzlich fest an sich. Es war ein gutes Gefühl, wieder zu Hause zu sein!

Als sie wieder in der Küche waren, warf Michail seinen Rucksack in die Ecke, setzte sich an den Tisch und goss sich eine Tasse Kaffee ein. Plötzlich dachte er, der Kaffee ist doch nicht so gut wie da draußen. Aber er genoss ihn trotzdem. Er schmeckte einfach gut nach Zuhause, nach Geborgenheit und einer Welt, die in Ordnung war und deren Existenz einen Sinn machte. Er schloss die Augen und trank den scheußlichen Kaffee.

Damian konnte sich nicht mehr zurückhalten, drohte er doch vor lauter Neugier zu explodieren.

„Erzähl' schon, Junge!", forderte er Michail auf. „Wie war es? Hast du deine Antworten gefunden? Möchtest du wieder dorthin? Was hast du die ganze Zeit gemacht? Warum hast du dich nie gemeldet?"

Boris war selber sehr neugierig, doch konnte er in Michails Gesicht sehen, dass dieser sehr müde war. Er betrachtete seinen Enkel und stellte fest, dass er ihn nicht verloren hatte. Er war noch derselbe Michail geblieben: treu und standhaft trotz aller Versuchungen, die sich ihm im letzten halben Jahr geboten hatten. Allerdings war er erwachsener geworden, und seine Gesichtszüge waren nun die eines Mannes, der viel gesehen hatte. Boris war beruhigt und zufrieden.

Er schaute Damian an und sagte: „Ich glaube, der Junge ist müde und hungrig. Ich schlage vor, dass er etwas zu essen bekommt, sich erfrischt und ins Bett geht. Morgen in der Früh wird er uns alles erzählen können."

„Du hast vielleicht Recht", nickte Damian verständnisvoll. „Ich möchte aber, dass er uns beiden zuerst Bericht erstattet, bevor er vor den Gemeinderat zitiert wird."

„Keine Sorge, geehrter Vorsitzender", sagte Michail, „Sie werden von meinen Erzählungen nicht enttäuscht sein. Ich bin außerdem überzeugt, dass ich Vorschläge habe, die den Gemeinderat zufriedenstellen werden. Sie werden stolz auf mich sein! Ihr Vertrauen in mich war gerechtfertigt.

Aber ich stimme meinem Großvater zu, ich bin tatsächlich hungrig und sehr müde. Wenn Sie also erlauben, würde ich dem Vorschlag von Großvater folgen. Dürfen wir beide morgen zu Ihnen hinüber kommen, damit ich Ihnen Bericht erstatten kann?"

„Einverstanden, geh' dich ausruhen", sagte Damian. „Aber ich komme lieber zu euch und werde um 7 Uhr hier sein. Ich will, dass wir uns genau über die von dir gelieferten Erfahrungen abstimmen, bevor die anderen informiert werden. Bitte sprich bis dahin mit niemandem! Und jetzt gute Nacht!"

Damian ging zufrieden nach Hause. Es schien, als ob alles nach Plan lief.

Am nächsten Tag klopfte er pünktlich um 7 Uhr an die Tür seines Freundes. Dieser öffnete und sie gingen in die Küche, wo Michail am Küchentisch sitzend bereits wartete. Er wirkte ausgeruht nach einer ganzen Nacht voll tiefem erholsamem Schlaf, und als er Damian sah, sprang er auf und ging ihm wie einem alten Freund mit ausgebreiteten Armen entgegen.

Damian war ein Mann, der menschliche Nähe nicht gern zuließ, also auch nicht an sie gewöhnt war. Aber, warum auch immer, er konnte es nicht erklären, bei Michail war das ganz anders. Für ihn empfand er so etwas wie väterliche Freundschaft – vielleicht – und er genoss diese Nähe sogar. Über seine Reaktion war er dennoch sehr überrascht und bemühte sich sofort, wieder kühl und beherrscht zu wirken.

„So, Michail", sagte Damian betont sachlich, „und nun berichte uns, was du erfahren hast."

Michail spürte, dass er mit seiner allzu freundschaftlichen Begrüßung zu weit gegangen war. Er blieb im Raum stehen, schaute seinen Großvater an und sagte: „Geehrter Vorsitzender, verzeihen Sie mir, bitte, dass ich so respektlos erscheine. Es ist mir eine große Freude, wieder zu Hause zu sein, Sie und Großvater gesund und munter zu sehen, die mich veranlasste, Ihnen derart gegenüberzutreten. Seien Sie bitte versichert, es ist nicht Respektlosigkeit, sondern pure Freude!"

„Ist schon gut, mein Junge!", winkte Damian verlegen ab. „Und nun erzähl schon endlich, was du alles erlebt hast, sonst platze ich vor Neugier!"

„Nun ja", entgegnete Michail langsam, „wenn Sie damit einverstanden sind, würde ich Ihnen gerne meine Erlebnisse ersparen. Viel lieber würde ich mich auf die Erkenntnisse daraus und die Vorschläge konzentrieren, die ich Ihnen unterbreiten möchte."

„Leg los, Michail, wir warten!", sagte nun Großvater Boris und rollte die Augen. Er konnte es auch kaum erwarten, die Geschichte zu hören. Die Geduld, mit der er sich am Abend zuvor – wenn auch widerstrebend - mit seinen Fragen zurückgehalten hatte, brachte er nur auf, weil er das, was nun folgen würde, gemeinsam mit seinem Freund Damian erleben wollte.

Michail setzte sich an seinen Platz am Tisch hin und begann zu erzählen.

„Die Welt da draußen ist ganz anders, als ich sie aufgrund meiner bisherigen Informationen erwartet habe. Sie ist friedlicher geworden, und die Menschen führen so gut wie keine Kriege mehr. Vor allem Europa hat seit dem Zweiten Weltkrieg keine kriegerische Auseinandersetzung mehr gehabt. Weltweit und vor allem in Europa, das weiterhin den Ton angibt, führen die verschiedenen Nationen eine Politik des gegenseitigen Respekts und der Toleranz. Die Natur hat sich weltweit sehr gut erholt und deren Schutz genießt einen sehr hohen gesellschaftlichen Stellenwert."

Damian und Großvater spürten, wie ihnen vor Überraschung über das Gehörte der Atem leicht stockte. Mit einer solchen Einleitung hatten sie nicht gerechnet. Ihre Erwartungen waren andere gewesen. Was war da los in der 'freien Welt'? Oder hatte Michail sich doch blenden lassen? War er doch nicht stark genug gewesen, sich den Versuchungen und fremden Einflüssen zu enthalten?

„Wie meinst du das, mein Junge?"

Damians Stimme klang so eiskalt, wie jeder sie hier kannte und fürchtete.

Boris sah Michail sprachlos an und konnte nicht glauben, was er hörte. War es doch ein Fehler gewesen, ihn dorthin reisen zu lassen?

Michail blickte von einem zum andern und erkannte, dass sie ihn falsch verstanden hatten. Rasch beeilte er sich mit weiteren Erläuterungen, um das Missverständnis zu klären.

„Verehrter Herr Vorsitzender, lieber Großvater", sagte er, „bitte nicht falsch verstehen! Ich bin noch mehr als zuvor von unseren Idealen überzeugt! Ich bin der sogenannten 'freien Welt' nicht verfallen. Sie hat zweifelsohne ihre Reize, ich müsste lügen, wenn ich das nicht zugebe. Auch kann ich gut verstehen, dass es Menschen gibt, die schwach werden bei so viel Verlockung. Aber ich wurde richtig erzogen und aufgeklärt und konnte all diesen Reizen ohne Schwierigkeiten widerstehen. Allerdings konnten all diese schönen Versuchungen mich nicht über all die sozialen Ungerechtigkeiten und die Ausbeutung des Menschen durch den Menschen hinwegtäuschen."

Großvater atmete hörbar und sehr erleichtert auf! Damian sah immer noch sehr skeptisch drein, doch Michail hatte in der Situation genau richtig reagiert.

„Nun fahre fort!", forderte Damian und setzte sich auch an den Tisch, damit er Michail so direkt wie nur möglich in die Augen sehen konnte. Augen lügen nicht, das wusste er, und nur in Michails Augen würde er die Wahrheit lesen können. Ganz gleich welche Worte der Junge auch sprach.

„Danke", sagte Michail. „Wie ich schon sagte, war ich sehr überrascht von all dem Positiven, das ich sah. Weitaus mehr überraschte mich aber die Art und Weise, wie die Ausbeutung der Arbeiter- und Bauernklasse perfektioniert wurde. Sie ist so perfekt, dass sie überhaupt niemand bemerkt!"

Boris und Damian fiel in diesem Augenblick ein großer Stein vom Herzen. Vielleicht war Michails Reise in die 'freie Welt' doch nicht umsonst. Michail setzte seine Erzählung fort.

„Das Prinzip des ausbeuterischen Systems hat vier Eckpfeiler", schilderte er. „Erstens eine klare

Trennung der historischen Nationen innerhalb ihrer angestammten Grenzen. Zweitens werden keine Kriege mehr mit Waffen geführt. Die herrschende Klasse im jeweiligen Land führt einen lautlosen wirtschaftlichen Krieg gegen die anderen herrschenden Klassen der anderen Nationen. Es gibt keine Toten auf einem Schlachtfeld mehr, stattdessen sind die Verluste der arbeitenden Bevölkerung Überschuldung und völlige Systemabhängigkeit."

Michail klang vollkommen sachlich, so als hätte er sich auf diesen Vortrag gründlich vorbereitet. Er blickte seine Zuhörer aufmerksam an und sah, dass sie mit allerhöchster Konzentration lauschten. So setzte er seine Erzählung im gleichen Ton fort.

„Drittens: Den Menschen wird es sehr einfach gemacht, Schulden zur Befriedigung der Wünsche zu machen, die eigentlich zum Leben nicht notwendig sind. Diese Wünsche werden ständig auf allen möglichen Wegen wachgehalten und permanent gesteigert; in der Regel durch massive Werbung. Es ist unmöglich, sich den ständigen Reizen zu entziehen. Die hohen Schulden sichern die Abhängigkeit jedes Einzelnen vom System. Wenn er nicht alles zurückzahlt, wird ihm alles weggenommen. Sein sozialer Status ist dann zerstört, er ist nach geltenden Maßstäben nichts mehr wert.

Viertens unterhalten sie eine gleichgeschaltete Informationsindustrie, die nur wenigen gehört und ausschließlich im Dienst der Reichen und Mächtigen steht. Trotzdem schafft sie es hervorragend, die Massen an die absolute Pressefreiheit glauben zu lassen, die aber nichts weiter ist als ein Trugbild. Alle sind fest davon überzeugt, sie können durch ihren Willen den Lauf der Geschichte verändern. Sie glauben außerdem fest daran, einzig und alleine ihrem freien Willen und ihrer Selbstverwirklichung zu folgen. Die individuelle Entfaltung ist zu einem Dogma geworden. Ihr ist alles Andere untergeordnet."

Boris und Damian hörten fast atemlos zu. Michail sagte eigentlich nichts Neues und doch waren die beiden Alten überrascht von der Deutlichkeit der geschilderten Missstände. Offensichtlich hatte der Feind seine Waffen bis zur Perfektion gebracht. Michail setzte seine Schilderungen nach einer kurzen Pause fort.

„Äußerst interessant für mich war zu sehen, welchen hohen Stellenwert der Umweltschutz genießt. Er wird weder von oben diktiert noch irgendwie anerzogen. Und trotzdem fühlt sich jeder dem Umweltschutz verpflichtet und ist freiwillig bereit, seine eigenen Bedürfnisse im Sinne des Umweltschutzes zurückzustellen. Sogar die herrschende Klasse ist bemüht, den Eindruck zu erwecken, dass sie es mit dem Umweltschutz ehrlich meint. Die hochgepriesene individuelle Freiheit und Entfaltung verschwinden in den Hintergrund, wenn der Umweltschutz in Erscheinung tritt. Und das alles freiwillig. Wer die Umwelt schützt, genießt heute einen sehr hohen Stellenwert in der dortigen Gesellschaft. Er bietet sogar soziale Aufstiegschancen!"

Damian runzelte nachdenklich die Stirn und sprach in Michails Redepause hinein: „Das ist wirklich erstaunlich, weil Umweltschutz nämlich Geld, und zwar sehr viel Geld, kostet. Genau das war früher auch unser Problem. Die Partei musste sich immer zwischen Grundversorgung und Umweltschutz entscheiden."

„Stimmt", sagte Großvater. „Die Umweltverschmutzung war einer der größten Vorwürfe, die man uns immer gemacht hat. Das mit der vorgegaukelten Pressefreiheit verstehe ich auch nur zu gut. Was mich hingegen wundert, ist auch, wie die es geschafft haben, die alten Nationen wieder herzustellen. Schon wenige Jahrzehnte nach dem Zweiten Weltkrieg war ganz Europa wie ein einziges Einwanderungsland."

„Das hat mich auch gewundert, Großvater", sagte Michail. „Ich habe während meiner Reise einen Geschichtsprofessor kennengelernt, der mir viele Fragen beantworten konnte. In seiner Gesinnung stand er unbewusst unserer Partei sehr nahe. Deshalb hat er viele historische Ereignisse unter anderen Gesichtspunkten als die anderen untersucht. Unter anderem hat er versucht, zu verstehen, warum plötzlich im Rahmen der damals einsetzenden Globalisierung eine Wiedereinführung von Nationalstaaten in der Weise des 19. Jahrhunderts vorangetrieben wurde."

„Und was war seine Erkenntnis?", fragte Großvater.

Damian war inzwischen beruhigt, was Michail anbelangte. Seine Körpersprache, seine Augen, der Enthusiasmus lösten all seine bisherigen Zweifel auf. Jetzt galt es, herauszufinden, ob seine Erkenntnisse zu brauchbaren Vorschlägen führten. Die bisherigen Informationen fand Damian interessant und aufschlussreich und beschloss, selbst auch wieder die gesperrten Fernsehkanäle zu studieren, um mit seinem Wissen auf der Höhe der Zeit zu sein. Eine wirklich bahnbrechende Erkenntnis jedoch vermochte er bis zu diesem Zeitpunkt nicht zu erkennen.

Michail antwortete auf Großvaters Frage.

„Der Geschichtsprofessor kam zu dem Schluss, dass reine Nationen sich wirtschaftlich besser entwickeln als gemischte. Eine Nation mit vielen Völkern muss sehr stark Rücksicht auf alle im Land lebenden Ausländer nehmen. Eine fremde Bevölkerungsschicht darf nicht mehr an den Pranger gestellt werden, nur weil sie nicht genug leisten will. Im Gegenteil, sie kostet das Gastland Unmengen an Ressourcen, damit es nicht dem Vorwurf der Diskriminierung ausgesetzt wird und um soziale Unruhen zu vermeiden."

„Das verstehe ich aber nicht", wandte Damian ein und fügte nachdenklich hinzu: „Wenn das stimmen würde, hätten die USA es niemals zu einer Weltmacht bringen dürfen."

Über Michails Gesicht huschte ein helles Licht und er blickte Damian erfreut an.

„Genau das war auch meine erste Frage!", sagte er nicht ohne sichtlichen Stolz und genoss ein Gefühl von Genugtuung angesichts der Tatsache, dass man ihm doch einige Zweifel entgegengebracht hatte, bevor man ihn reisen ließ. Er spürte, dass er diese Zweifel wohl beseitigen konnte, indem er sich ebenso geschickt und klug anstellte wie es auch der Große Vorsitzende getan hätte.

Michail setzte seine Berichterstattung unverzüglich fort.

„Seine Aussage bezog sich nur auf Europa. Die USA und die anderen klassischen Einwanderungsländer hatten das Problem auf eine andere Art und Weise gelöst. Dort wurde die Ausgrenzung der nicht Leistungswilligen oder –fähigen durch eine gesellschaftliche Ausgrenzung sichergestellt. Die, die nichts geleistet hatten, erreichten keinen akzeptablen Lebensstandard auf Kosten der Allgemeinheit. Sie zogen sich in die Slums zurück und lebten in einer eigenen Parallelgesellschaft. In einem

Einwanderungsland war das akzeptabel, weil alle sich hocharbeiten mussten. Außerdem führte das nicht zu politischen Streitigkeiten mit den Heimatländern der so aussortierten Einwanderer, weil alle gleichermaßen so behandelt wurden. Diskriminierung konnte also niemandem vorgeworfen werden, denn jeder wusste von Anfang an, worauf er sich einließ, wenn er zum Beispiel nach den USA oder Australien emigrierte. In Europa, wo der überwiegende Teil der Bevölkerung nicht aus Einwanderern bestand, fühlte man sich für diese verantwortlich. Die allgemein herrschende Meinung war, dass man diesen Menschen auch ohne Gegenleistung einen vernünftigen Lebensstandard sicherstellen musste. Das führte dazu, dass die Sozialleistungen immer teurer wurden, weil man von den Einwanderern keine Gegenleistung verlangte. Viele der Einwanderer waren einen entbehrungsreichen Lebensstandard gewöhnt. Der Lebensstandard, der in Europa durch die sozialen Systeme sichergestellt wurde, war per se besser, als das was sie aus ihrer Heimat kannten. Und das Beste daran war, sie brauchten nichts dafür zu tun. Im Gegenteil, sie hatten eine starke Lobby von so genannten Gutmenschen, welche die immer höheren Leistungen für sie erstritten, damit sie am wirtschaftlichen Wohlstand des Gastlandes teilhaben konnten. Irgendwann hätte dieser Zustand zu einer Überforderung der sozialen Systeme und dadurch automatisch zu sozialen Unruhen geführt.

Das wurde von den Regierenden erkannt und abgestellt. Die 'reinen' Nationen wurden wieder propagiert. Dadurch konnte man einen regelrechten Wettbewerb zwischen den Nationen entfachen. Wenn eine schlechter dastand als andere, fühlte sich diese in ihrer Ehre gekränkt, aber nicht diskriminiert. Die einzelnen Nationen konnten keinem außer sich selber das Versagen vorwerfen. Es gab keine prädestinierten Sündenböcke mehr im eigenen Land, denen man ein schönes Leben auf Kosten der Allgemeinheit vorwerfen konnte. Der Blick in den Spiegel war unverfälscht und man hatte nur zwei Möglichkeiten: Man machte sich an die Arbeit oder wurde als ganze Nation zum Spott der anderen, weil man wirtschaftlich nicht gut genug war. Die wirtschaftliche Leistung stieg ins Unermessliche und damit auch der materielle Wohlstand. Plötzlich konnte sich jeder noch mehr leisten. In der Folge führte das natürlich zu noch mehr Nachfrage. Und weil die Mächtigen daran interessiert waren, sorgten sie über die Presse dafür, dass alle Meinungsverschiedenheiten friedlich ausgetragen wurden. Sie erkannten, dass Frieden statt Krieg zu mehr Reichtum für sie führte. Sie haben den üblichen Waffengang in einen Wirtschaftskrieg umgewandelt. Die so vermiedenen Kriegstoten führten zu mehr Konsumenten, die für die Befriedigung ihrer künstlich hochgeschraubten Bedürfnisse bereit waren, noch mehr zu arbeiten. Die Mächtigen gaben dem kleinen Mann das Gefühl, nur im Rahmen seiner Nation und nur auf einem friedlichen Weg sein Schicksal steuern zu können."

Damian und Boris waren verstummt. Was Michail da erzählte erstaunte sie zu tiefst. Die Fakten waren ihnen allen schon lange bekannt, es gab nichts Neues dabei. Aber die Interpretation von Michail ließ alles in einem neuen Licht sehen. Unter diesem Aspekt wurden die historischen Ereignisse und deren Auswirkung bis jetzt noch nie diskutiert. Sie erkannten, dass sie und ihre Vorgänger es nie geschafft hatten, diese wichtigen Zusammenhänge zu erkennen. Sie waren nur an der Oberfläche geblieben. Dabei hätten sie viel tiefer graben müssen.

Michail schwieg für eine Weile. Er konnte sehr gut sehen, dass die beiden ihre Zeit brauchten, das alles zu verdauen. Er war aber froh, dass Damian und Großvater bis jetzt keinen Versuch unternommen hatten, ihn zum Schweigen zu bringen oder gar ihm zu widersprechen. Diese indirekte und stille Anerkennung seiner Arbeit war für Michail in diesem Augenblick das schönste Gefühl auf der Welt. Nach einer Weile fuhr er fort.

„Was weder ich noch mein Freund, der Geschichtsprofessor, erklären können, ist die Entstehung dieses ausgesprochen starken Bedürfnisses nach einer intakten Natur. Vor allem die freiwillige und breite Basis, auf der sich der Umweltschutz stützen kann, ist erstaunlich. In all den Jahren seiner Forschungen konnte mein Freund keinen einzigen Hinweis auf eine zentral gesteuerte Bewegung finden. Sie war einfach da. Mit Sicherheit spielen wirtschaftliche Faktoren - wie immer in der heutigen Welt - eine starke Rolle. Wir vermuten auch, dass irgendwann einmal der Nutzen einer heilen Natur einfach viel höher als beispielsweise ein noch größerer Fernseher eingeschätzt wurde. Die Vermutung liegt durchaus nahe, dass die Natur ab einer bestimmten Höhe des Lebensstandards zum Erlebnis, also zu einem Produkt wurde. Mit diesem Produkt ließ sich sehr gut verdienen und so nahm die Entwicklung ihren Lauf."

Damian brauchte eine Pause. Er fiel Michail ins Wort und sagte während er aufgestanden war:

„Wir machen eine kurze Pause, ich brauche frische Luft", sagte er und ging, ohne eine Antwort abzuwarten, hinaus auf die Veranda.

Michail sah ihm hinterher, und als er draußen war, fragte er seinen Großvater besorgt: „Habe ich etwas Falsches gesagt?"

„Nein, Michail, du machst das ganz prima", erwiderte Großvater. „Ich glaube aber, dass du gerade im Begriff bist, uns vor Augen zu führen, wie blind wir in all den Jahren waren. Das muss erst mal verarbeitet werden, verstehst du? Diese Erkenntnisse tun richtig weh!"

„Das wollte ich aber nicht", sagte Michail mit leicht betrübtem Unterton, „ich wollte lediglich meine Mission so gut wie möglich erfüllen!"

„Und das hast du!", sagte Großvater nachdrücklich. „Sei unbesorgt! Nun trink oder iss etwas, wir kommen bald wieder!"

Großvater ging hinaus auf die Veranda, wohin Damian sich zurückgezogen hatte. Er stand da und starrte mit unbewegter Miene in die Ferne. Damian hörte, wie Boris herantrat und sagte, ohne sich ihm zuzuwenden: „Warum haben wir das nicht früher so gesehen, mein Freund? Sind wir so alt und weltfremd geworden?"

„Na ja, alt natürlich schon", sagte Boris und versuchte, witzig zu sein. „Aber vielleicht haben wir uns in unseren Entscheidungen zu stark von unseren Vorgängern beschränken lassen. Möglicherweise waren wir durch unseren Hass sogar blind. Unsere Verachtung gepaart mit unserem Frust haben uns davon abgehalten, uns mit unserem Feind und seinem bisherigen Erfolg richtig auseinanderzusetzten. Oder vielleicht waren wir auch nicht mutig genug, neue Wege zu gehen."

„Oder vielleicht all das zusammen!", sagte Damian mit Verbitterung in der Stimme.

„Sei nicht zu streng mit dir, mein Freund!", entgegnete Boris tröstend. „Vergiss nicht, dass du unserem Vorschlag auf Anhieb zugestimmt hast.

Ohne dich hätte der Gemeinderat - und vor allem der Blindgänger von Politoffizier - niemals dem Vorschlag von Michail zugestimmt. Also geh bitte nicht zu hart mit dir ins Gericht!

Damian wirkte nicht überzeugt.

„Vielleicht hast du Recht!", sagte er leise.

Sie setzten sich auf die Bank und saßen für eine Weile Schulter an Schulter, ohne ein Wort zu wechseln. Sie starrten die Berge zwar an, sahen diese aber gar nicht. Jeder dachte über sein Leben nach, erinnerte sich an die wenigen gewonnenen und vielen verlorenen Schlachten gegen den gemeinsamen Feind. Es schaute so aus, als ob sie dieses Mal gewinnen könnten. Sie mochten es nicht recht glauben. Vor allem aber konnten sie diese zermürbende Angst nicht unterdrücken, am Ende doch zu versagen, doch den falschen Weg einzuschlagen. Geraume Zeit später standen sie auf und ging zurück in die Küche, wo Michail gespannt auf sie wartete. Sie hatten kaum wieder Platz genommen, da ergriff Michail wieder das Wort.

„Die Machtstruktur in Europa und dadurch der ganzen Welt hat sich verändert. Deutschland und Großbritannien regieren gemeinsam den alten Kontinent. Großbritannien ist die unangefochtene kontinentale Militärmacht, die als Herz der weltweiten Finanzindustrie deren Geschicke steuert. Deutschland hat sich dank seiner Industrie und technischer Innovationen als führend in der weltweiten Industrie etabliert. Hinzu kommt, dass Deutschland wieder zu den Wurzeln seiner sozialen Marktwirtschaft zurück gefunden hat, weshalb es überall auf der Welt bewundert und von anderen Nationen mehr oder weniger mit Erfolg kopiert wird. Einzig Japan kann technisch, wenn auch mit großer Mühe, noch Schritt halten und hat sich vermehrt auf die Verbesserung deutscher Erfindungen spezialisiert. Frankreich hat schon Anfang des Jahrtausends den Anschluss verpasst. Das Ende kam im Rahmen des Wiedereinsetzens der Nationalstaaten. Weite Teile haben sich durch ein Referendum Deutschland angeschlossen. Die Bretonen haben endlich ihre Souveränität wieder erlangen können. Die Basken konnten sich sowohl von Spanien als auch von Frankreich lösen und ihren eigenen kleinen Staat ausrufen. Das alles hat Frankreich sehr stark schrumpfen und somit wirtschaftlich und militärisch in die Bedeutungslosigkeit versinken lassen. Zu unserem Land brauche ich wohl nichts zu sagen. Seine Bodenschätze werden ihm weiterhin schamlos gestohlen. Vor allem die USA, die weiterhin unangefochtene Nummer eins weltweit sind, beuten unser Land rücksichtslos aus. Sie brauchen keine Waffen mehr, denn sie haben die stärkste Waffe aller Zeiten auf ihrer Seite: Hollywood und die Schwäche menschlicher Gier. Die ganze Welt ist weiterhin - trotz der Nationalstaaten – davon besessen, der angeblich uneingeschränkten individuellen Freiheit ‚Made in USA' nachzueifern. Alles, was von dort kommt, wird noch mehr als früher als das Maß aller Dinge angenommen. Der kleine Mann ist völlig fixiert auf das „american way of life"."

„Was ist denn mit China, als letztem kommunistischen Land der Welt?", fragte Damian.

Michail hatte mit der Frage gerechnet und die Antwort sofort parat.

„Wie Sie wahrscheinlich wissen, haben es die Kommunisten dort geschafft, an der Macht zu bleiben, indem sie das Land traditionsgemäß komplett von der Außenwelt isolierten", erklärte er. „Es ist das einzige Land weltweit, in dem der Lebensstandard nicht angestiegen, sondern ständig gesunken ist. Zwar herrscht dort nicht das Chaos wie in der restlichen Welt. Die Menschen gehen einer geregelten Arbeit nach und können sich getrost auf die Weisungen ihrer Partei verlassen, die für sie sorgt. Aber China hat regional wie weltweit keinerlei militärische oder wirtschaftliche Bedeutung mehr. Fast ist es so, als würde es nicht existieren, nur ein weißer Fleck auf der Landkarte."

Damian erhob sich von seinem Stuhl und fing an, unruhig in der Küche umherzulaufen. Er dachte nach und versuchte, all dem einen Sinn abzugewinnen. Da waren zahlreiche alte und neue Informationen, interessante Interpretationen …, ja, aber er sah nichts worauf sie eine neue Strategie für ihr Projekt aufbauen könnten. Waren sie doch wieder in der Sackgasse angelangt?

Boris konnte die Verzweiflung seines Freundes nicht nur spüren, er teilte sie auch ganz und gar. Bis jetzt sah auch er keinen Durchbruch, der sie weiterbringen würde. Er schaute Michail an und fragte mit tiefer Stimme: „Das ist alles schön und gut, aber wie hilft uns das weiter? Diese Erkenntnisse hätten wir mehr oder weniger auch von hier aus gewinnen können, oder?"

„Ja und nein", antwortete Michail und wiegte den Kopf hin und her. „Es ist etwas anders, vor Ort zu sein. Es ist *eine* Sache, einen Kriegsfilm zu *sehen*, und es ist eine völlig andere, hautnah *dabei* zu sein. Wer einen Film sieht, bekommt eine Vorstellung davon, wie hässlich ein Krieg ist, kann aber nicht wissen, wie Krieg sich anfühlt, oder?"

Da war natürlich etwas dran, dachten Damian und Boris ein jeder für sich. Vielleicht kam der Junge mit weiteren Überraschungen?

„Bist du fertig, Michail?", fragte Damian und hoffte inständig, dass der Junge noch viel mehr mitzuteilen hatte.

Michail lächelte wissend.

„Nein, das Beste kommt noch! Ich habe unzählige Stunden mit dem Professor und seinen gleichgesinnten Studenten verbracht. Wir haben uns

Gedanken gemacht, was wir alles ändern würden, wenn wir es nur könnten."

Damian und Boris sahen Michail erschrocken an.

„Du hast doch nicht etwa von unserem Projekt gesprochen, oder?", fragte Großvater Boris.

„Nein, sei unbesorgt, Großvater. Ich habe alles wie Planspiele, wie Gehirnakrobatik aussehen lassen. Aber die Ergebnisse können sich sehen lassen. Darf ich meine Lieblingsvariante vorstellen?"

Boris schaute Damian an und bat ihn schweigend mit einem bittenden Blick um Erlaubnis. Dieser nickte und setzte sich wieder hin. Boris wandte sich an seinen Enkel und sagte: „Na, dann mal los!"

Boris' Enkel war jetzt richtig aufgeregt. Ein Augenblick, auf den er lange gewartet hatte, sollte jetzt, in diesem Moment stattfinden.

„In allen Szenarien kamen wir zu dem Schluss, dass der Ruf unserer Doktrin so ruiniert ist, dass er nicht mehr repariert werden könnte", begann er. „Vor allem die Umerziehungsmaßnahmen unter dem Genossen Stalin wurden zu Beginn unseres Jahrtausends von den meisten falsch verstanden und von der feindlichen Propaganda missbraucht. Hinzu kamen die Vorwürfe über den angeblich harten Umgang mit der Bevölkerung im von Nazis befreiten Osteuropa, der noch Jahrzehnte nach dem Krieg von reaktionären Kräften zum Gesprächsthema Nummer 1 gemacht wurde. Als ob all das nicht schon genug wäre, wurde im Nachhinein von den gleichen Reaktionären der Schutz des damaligen Warschauer Paktes als Unterdrückung weiter Teile Europas durch unsere Partei und unser Land definiert. Das alles sitzt zu fest in den Köpfen der Menschen. Es geht schon so weit, dass Stalin als noch größerer Mörder angesehen wird, wie Hitler es war. Über China und Genosse Mao werden auch schreckliche Gerüchte verstreut. Er hätte im eigenen Land durch seine Kulturrevolution mehr Menschen umgebracht, als der Zweite Weltkrieg weltweit an Opfer gekostet hat!"

Damian hörte sehr aufmerksam zu. Er wusste einfach nicht, wie er auf diese Feststellungen, die ihm eher wie Beschuldigungen schienen, reagieren sollte. Die Vernunft wollte, dass er das Gespräch sofort beendete. Sein Instinkt jedoch sagte ihm, er solle den Jungen zunächst einfach weitermachen lassen. Michail trank einen Schluck Wasser und erzählte weiter.

„Deshalb haben wir nach einer Möglichkeit gesucht, unserer Gesellschaftsordnung ein neues Antlitz zu verpassen. Wir suchten nach etwas, das nachweislich von allen gesellschaftlichen Schichten und Altersgruppen weltweit, freiwillig und aus voller Überzeugung getragen wird. Es musste ein Selbstläufer sein. Das einzig plausible Szenario ist unserer Meinung nach der Umweltschutz. Er ist der einzige Katalysator, der von allen ohne Wenn und Aber akzeptiert wird. Wie ich schon sagte, er hat mittlerweile fast schon den Status einer neuen allgemeinen und über alle Grenzen hinweg akzeptierten Weltreligion, obwohl weltweit keine einzige bedeutende Partei den Schutz der Umwelt als Hauptziel hat."

Jetzt war Damian leicht verwirrt.

„Wie meinst du das, Michail? Erstens sind unsere Ideale doch so leicht nachvollziehbar, dass sie keine neue Verpackung brauchen, oder? Zweitens ist diese Einstellung zur Umwelt von ganz allein entstanden, ohne das spezielle Zutun von irgendjemand."

„Ja, unsere Ideale sind auch meiner Meinung nach glasklar", stimmte Michail ihm zu. „Leider hat unser Klassenfeind gute Arbeit geleistet und unseren Ruf derart ruiniert, dass wir in der alten Form keine Chance mehr haben werden, eine Massenbewegung zu erzeugen. Und - ja, es gibt keine einzige Partei, die sich dem Umweltschutz verschrieben hat. Aber wenn wir wissen, welche selbsttragende Bedeutung der Umweltschutz hat, können wir uns das zunutze machen. Wir müssen uns von Anfang an so positionieren, als ob *wir* die Erfinder dieser Bewegung wären. Dadurch können wir uns eine breite Unterstützung über alle gesellschaftlichen Gruppierungen hinweg sichern. Die

Oktoberrevolution war erfolgreich, weil sie von den Massen getragen wurde. Sie konnte diese mobilisieren und im Gleichschritt in die gleiche Richtung marschieren lassen. Ich bin überzeugt davon, dass wenn wir unseren Zielen ein grünes Antlitz verleihen, wir über kurz oder lang automatisch die Massen auf unserer Seite haben. Und das aus deren eigener Überzeugung! Wir müssen nur im richtigen Augenblick dafür sorgen, dass wir diese Entwicklung unter unsere Kontrolle bringen und in unserem Sinne steuern."

„Das klingt plausibel", sagte der Großvater. „So könnte man mit wenig Aufwand die Massen für ein gemeinsames Ziel mobilisieren. Was meinst du, Damian?"

Der Große Vorsitzende schaute Boris an und sagte nichts. Man konnte in seinem Gesicht sehen, dass er innerlich einen schweren Kampf auszufechten hatte. Auf der einen Seite konnte er diese Kritik an der Partei nicht so ohne weiteres akzeptieren. Er sah auch keinen Bedarf, ihren Zielen plötzlich ein neues Gesicht geben zu müssen. Auf der anderen Seite sah er ein, dass sie etwas Neues probieren mussten, um endlich erfolgreich zu sein. Alles, was sie bis jetzt unternommen hatten, hatte die Situation nur noch verschlimmert. Er wusste tatsächlich nicht, wie er reagieren sollte. Er schaute die beiden an und sagte: „Machen wir eine Pause. Ich muss nachdenken!"

Und da hatte seine Stimme wieder jenen Klang, der keinerlei Widerspruch duldete. Zu gern hätte Michail trotzdem gesagt, dass er noch nicht fertig war, doch Großvater machte ihm ein Zeichen, woraufhin er besser schwieg. Boris kannte seinen Freund Damian nur zu gut. Man durfte ihn nicht überrumpeln. Er brauchte ein wenig Zeit, um eine Entscheidung zu treffen. Dass es die richtige sein würde, war Boris schon jetzt ganz klar.

Kapitel 9

Damian verließ das Haus, ohne ein Wort zu sagen. Boris schaute aus dem Küchenfenster hinter ihm her, bis er zwischen den Häusern verschwand. Damian spürte den Blick seines Freundes im Nacken deutlich, drehte sich aber kein einziges Mal um. Er wollte und musste dieses Mal alleine entscheiden. Sein Leben lang hatte er sich bei all den wichtigen Entscheidungen mit Boris beraten. Boris hatte immer einen sehr großen und positiven Einfluss auf ihn gehabt. Dass er einen solchen Freund hatte, machte ihn stets froh. Aber jetzt, in dieser heiklen Angelegenheit musste Damian allein sein. Alles, was Michail gerade erzählt hatte, hörte sich zunächst als übelste subversive Propaganda an. Wenn er Michail nicht von klein auf kennen und für ihn und seinen Großvater die Hand ins Feuer legen würde, hätte er schon lange gehandelt. Beide wären längst auf dem Weg in ein Umerziehungslager. Doch er war überzeugt, dass beide aufrichtig zum langersehnten Durchbruch verhelfen wollten. Sie waren sehr intelligent und dafür bekannt, dass sie gerne ungewöhnliche Wege gehen. Ihre Vorgehensweise war zwar anfangs immer umstritten, führte jedoch stets zu unerwarteten Erfolgen.

Damian wusste aber, dass in dieser Sache der ganze Rat auf Anhieb beleidigt sein würde, wenn

Michail ohne Vorbereitung vor ihn trat. Der Politoffizier hätte endlich die langersehnte Chance, mit Michail abzurechnen, den er als jungen Emporkömmling und seinen Feind ansah. Damian selbst musste erst mal von Michails Gedankengängen überzeugt sein, damit er ihm helfen und ihn beschützen konnte. Ohne seine eigene innere Überzeugung wäre ein Vortrag beim Rat völlig sinnlos. Und diese innere Überzeugung hatte Damian in diesem Augenblick noch nicht. Nur wenn er in Ruhe nachdenken konnte, bestand die Möglichkeit, zu dieser wichtigen inneren Überzeugung, die ihm Stärke verleihen würde, zu gelangen.

Damian ging stundenlang einfach weiter und grübelte, ohne zu einer Lösung zu kommen. Es war zum Verzweifeln, dachte er verärgert, als ihm ein interessanter Gedanke durch den Kopf schoss. Was hatten sie eigentlich zu verlieren, wenn Michail sich durchsetzte? Unter Beibehaltung der bisherigen Vorgehensweise war das Scheitern sicher. Die einzige offene Frage blieb nur, wie schlimm es dieses Mal sein würde. Michail könnte vielleicht eine Alternative anbieten, deren Ausgang zumindest offen war und Hoffnung in sich trug. Das war doch nun eigentlich besser, als alles Bisherige. Dieses 'weiter so' hatte bis jetzt immer in die Katastrophe geführt. Damian spürte plötzlich das aufkeimende Gefühl einer Hoffnung in sich. Er erwischte sich sogar dabei, dass er sich den Erfolgsfall bildlich vorstellte. Ein solches Gefühl kannte er schon lange nicht mehr! Das Gefühl eines Triumphes …. Damian war darüber etwas verwirrt, spürte aber ganz stark, dass er Michail unterstützen würde. Ja, er musste es tun!

Erleichterung trat an die Stelle der Verzweiflung und nährte die Hoffnung. Jetzt war ganz klar, was er tun würde. Und so eigenartig er es auch empfand: Er fühlte sich schon jetzt wie ein Sieger – auch wenn er es nicht ganz verstand. Mit diesem Gefühl in seinem Innern war er imstande, Michail und seine Ideen überzeugend und voller Kraft zu unterstützen.

Damian machte sofort kehrt und ging mit großen, unglaublich schwungvollen Schritten zurück zum Haus seines Freundes. Als er dort endlich ankam, ging er ohne anzuklopfen direkt in die Küche, wo er die beiden vermutete. Boris und Michail, die sehnlichst auf ihn gewartet hatten, sprangen sofort auf, als er den Raum betrat und schauten ihn hoffnungsvoll an. Damian setzte sich auf seinen Stuhl, ohne ein Wort zu sagen. Mit klarem Blick musterte er die beiden und forderte sie mit einer einladenden Geste auf, auch Platz zu nehmen.

Damian rieb sich das Kinn und ließ sich unendlich lange Sekunden Zeit. Er ordnete eifrig seine Gedanken und begann schließlich mit ruhiger, fester Stimme zu sprechen.

„Mein lieber Freund", sagte er zu Boris. „Wir kennen uns ein Leben lang. Jeden anderen hätte ich schon längst der subversiven Agitation bezichtigt und aus unserem Kollektiv entfernt. Bei dir weiß ich aber, dass du über jeden Zweifel erhaben bist. Und genauso hast du auch den Jungen erzogen, wofür ich dir sehr dankbar bin."

Boris atmete auf. Es gefiel ihm gut, was er hörte, und er fühlte sich wieder bestätigt: Sein Freund würde schon die richtige Entscheidung treffen. Sie durften vollkommen darauf vertrauen. Damian schaute Michail an.

„Obwohl deine Gedankengänge sich auf den ersten Blick als sehr gefährlich und fast wie Anschuldigungen gegen unsere Partei anhören, weiß ich dein mutiges Engagement zu schätzen. Du hast versucht, dich in die Lage unseres Feindes zu versetzten, warst bemüht, ihn zu verstehen und mit seinen eigenen Waffen zu schlagen. Das ist sehr intelligent und wahrscheinlich unsere einzige Chance, dieses letzte Mal endlich erfolgreich zu werden. Es wird nicht einfach sein, aber ich bin auf eurer Seite, weil ich überzeugt bin, damit das Richtige zu tun." Übergangslos schloss er seine kurze Rede: „Und jetzt lasst uns essen, ich verhungere!"

Michail und Boris waren nicht nur sprachlos, sie waren grenzenlos überrascht. So hatten sie Damian noch nie erlebt. Er klang erleichtert und sehr hoffnungsvoll. Der grimmige Gesichtsausdruck war verschwunden. An seine Stelle war eine unbekannte Milde getreten. Seine Augen blickten klar und ungetrübt und ruhig. Damian wirkte gerade, als ob er um Jahre jünger geworden wäre.

Sie aßen in Ruhe. Kaum ein Wort fiel, jeder war in seinen Gedanken und träumte, wie es wohl sein würde, wenn sie es endlich schaffen, wieder zu den Gewinnern zu gehören. Boris holte sogar eine Flasche von seinem guten Wein heraus und sie tranken auf den gemeinsamen Erfolg. Nach der obligatorischen Pause auf der Veranda gingen sie wieder hinein, damit Michail weiter erzählen konnte.

„Also die erste wichtige Erkenntnis war, dass wir unserer Bewegung ein neues, *grünes* Erscheinen geben müssen, damit sie von den Massen akzeptiert und getragen wird. Danach haben wir uns gefragt, was getan werden müsste, damit die Masse leichter zu lenken ist und nicht erneut eine gemeinsame nationale Identität entsteht. Denn nach dem Motto 'teile und herrsche' ist eine heterogene Masse ohne gemeinsame Vergangenheit doch leichter zu manipulieren, als eine homogene“, fasste Michail den letzten Gesprächsinhalt zusammen. „Also müssen wir einen Weg finden, die Rückkehr der Gastarbeiter in ihre Heimatländer zu vermeiden. Im Idealfall finden wir einen Weg, die Migration sogar zu stärken, damit in Europa eine gesichtslose Masse entsteht, die genauso vermischt und anonym ist, wie in einem klassischen Einwanderungsland. Das wird zu sozialen Spannungen in den existierenden Nationalstaaten führen und lässt den Gedanken einer Nation innerhalb der angestammten Grenzen als lächerlich und altmodisch erscheinen. Denn wenn sich eine große und eingewanderte Bevölkerungsgruppe innerhalb der eigenen Grenzen nicht an die Landesgesetze und Gepflogenheiten hält, wenn sie sich überhaupt nicht integrieren will und ihr Gastrecht missbraucht, kann man sie nicht mehr dazu zwingen. Jeglicher Versuch kann dann sehr leicht als Diskriminierung einer ganzen Bevölkerungsgruppe eingestuft werden, der von der Heimatregierung der Migrantengruppe nur zu gerne schnell auf die internationale Ebene getragen wird. Somit wird die Öffentlichkeit vom eigentlichen Problem abgelenkt: Die Migranten halten sich nicht an die Landesgesetze und versuchen sogar die Traditionen des Gastlandes zu sabotieren. Nein, sie werden automatisch zum Opfer eines angeblich intoleranten Gastes, der zu stur ist, um Neues zu lernen. Damit ist Unruhe in jedem Gastland vorprogrammiert, die den jetzt existierenden Wettbewerb der Nationen massiv stören wird. Wenn es zum Beispiel der angestammten Heimat schlecht geht, emigrieren die Menschen in das Land, dem es gerade gut geht. Hier angekommen belasten sie die sozialen Systeme und können sich mit ihren Landsleuten aus früheren Migrationswellen alliieren. Gemeinsamen können sie im Gastland auf die Straße gehen und Hilfe für ihre Heimat verlangen. Das erzeugt einen immensen Druck im Gastland, das jetzt helfen muss, wenn es von der Weltöffentlichkeit nicht als unsolidarisch und egoistisch an den Pranger gestellt werden will. Dadurch findet nicht nur ein Wohlstandstransfer statt, sondern der freie Wettbewerb der Nationen wird massiv gestört. So könnten wir endlich alle Länder gleichschalten!"

Das war eine lange Rede, und Michail machte eine Pause, um mit einem Schluck Wasser seine trockene Kehle zu befeuchten. Als er weitermachen wollte, ergriff zunächst Damian das Wort.

„Diese Vorgehensweise hat einen weiteren entscheidenden Vorteil: In kleinen Ländern hat der Durchschnittsbürger viel bessere Möglichkeiten, auf seine Führer Einfluss zu nehmen. Er ist sehr nah an der Macht und kann dadurch viel wirkungsvoller Einfluss nehmen. Je größer eine Einheit ist, desto anonymer wird diese Beziehung. Der kleine Mann hat dann sogar eine Ausrede, warum er sich für Politik nicht mehr interessiert oder sich für die Gemeinde nicht mehr einsetzt: 'Die da oben machen eh was sie wollen, ich bin zu klein, um etwas bewirken zu können'. Damit kann er sein Gewissen beruhigen. Gleichzeitig kann man ihn leichter beherrschen. Das beste Beispiel ist doch die Schweiz. Da haben die Politiker schon wegen der Möglichkeiten des Volksentscheides sehr eingeschränkte Chancen, über den Kopf des Volkes hinweg irgendetwas zu verfügen."

Michail dachte kurz darüber nach und sagte voller Enthusiasmus: „Sie haben Recht, Großer Vorsitzender! Danke! Daran haben wir gar nicht gedacht. Wir haben nicht Ihre Führungserfahrung."

Damian und Boris lachten.

„Na ja, irgendeine Daseinsberechtigung müssen wir doch haben, oder?", lachte Boris.

Michail merkte sofort, dass er seine Begeisterung falsch formuliert hatte und beeilte sich, das richtigzustellen.

„Ich war dankbar, lieber Großvater, nicht erstaunt. Ich bitte um Verzeihung."

Damian lächelte ihn wohlwollend an und sagte: „Fahr fort, Michail. Es ist schon gut."

„Danke", antwortete Michail und wirkte leicht verschämt. „Wir fragten uns weiter, wie das Auseinanderbrechen unseres Landes zu vermeiden wäre. Leider kamen wir zu dem Schluss, dass diese Katastrophe vielleicht nur in den 1960er Jahren vermeidbar gewesen wäre, als der wirtschaftliche Unterschied zwischen den beiden Systemen nicht so deutlich war. Da wir aus bekannten Gründen in diese Zeit nicht mehr zurückkehren können, habe ich die Diskussion, ohne etwas zu verraten, so geführt, dass wir einen anderen geeigneten Zeitpunkt gesucht haben. Und wir stellten fest, dass wir idealerweiser Anfang der 1980er Jahren einsetzten würden. Bekanntlich wusste niemand, wer ich wirklich bin. Umso überraschter war ich, dass sie alle meinen Urgroßvater als die Person ansahen, die am geeignetsten wäre, unsere Weltanschauung zu retten. Sie meinten, er wäre offen und intelligent genug gewesen, um zu erkennen, dass sich viel verändern muss, wenn wir gewinnen wollen. Er hätte auch noch eine Zeit lang die Macht gehabt, rechtzeitig die notwendigen Schritte überall auf der Welt implementieren zu können.

Also der Vorschlag ist dieser, dass über meinen Urgroßvater versucht wird, die richtigen Weichen für die Zukunft zu stellen. Er sollte überzeugt werden, sich voll darauf zu konzentrieren, statt das Unausweichliche vermeiden zu wollen. Die utopischen Erwartungen auf eine gerechtere Welt, die nach dem Zusammenbruch unseres Systems überall auf der Welt hoch in Kurs waren, würden die ideale Plattform dafür bieten. Alle Frühwarnsysteme des damaligen Westens waren ausgeschaltet und jeder Versuch, sie am Leben zu erhalten, würde als nicht mehr zeitgemäß und dumm abgestempelt werden. Wir haben sogar einen Begriff erfunden, der propagiert werden könnte: 'Friedensdividende'. Jeder, der sich dagegen wehrt, kann sehr einfach als antiquiert und Ewiggestriger mundtot gemacht werden. Die damalige allgemeine Euphorie würde die Sicht vernebeln und uns in die Hände spielen. Deshalb ist aus unserer Sicht Europa der Schlüssel zu unserem Erfolg. Wenn wir Europa erst beherrschen, dann halten wir die Geschicke vom Rest der Welt in unseren Händen. Und der Schlüssel zu Europa ist das wiedervereinigte Deutschland."

Damian hatte mit hochgezogenen Augenbrauen und immer aufmerksamer gelauscht. Jetzt seufzte er allerdings und hob die Hand, um Michails Rede ein Ende zu setzen. Es sei Zeit für eine Pause, sagte er zu den beiden anderen. Boris und Michail stimmten ihm kopfnickend zu. Sie waren in der Tat erschöpft und brauchten nicht nur eine kleine Pause, sondern eine gute Mütze Schlaf.

Inzwischen war es wieder spät geworden und draußen zog die Nacht herauf. All die Gedanken und Überlegungen, die die immer größer werdenden Hoffnungen nährten, saugten ihnen den letzten Tropfen Energie aus. So machten sie an dieser Stelle einfach Schluss für heute. Damian verabschiedete sich und verließ das Haus, um daheim in sein Bett zu gehen. Auch Boris sagte nicht mehr viel. Mit einem leisen 'gute Nacht' zog er sich in seine Kammer zurück.

Bis jetzt hatten er und Damian ihr Alter nicht gespürt. Aber seitdem diese Sache mit Michail begonnen hatte, spürten sie doch deutlich, dass die

Anstrengungen nicht spurlos an ihnen vorbeigingen. Die Hoffnung jedoch, dass durch die Realisierung der Vorschläge Michails endlich ein Durchbruch möglich wäre, ließ sie eine Euphorie fühlen, die im Augenblick wie ein Jungbrunnen wirkte. Ihr ewiges Ziel vor Augen und der Gedanke, es in greifbare Nähe zu bekommen, gab ihnen nochmals eine große Kraft, um dieses Ziel zu erreichen, diesen ewig langen Kampf endlich zu gewinnen. Ob sie am Ende diese Kräfte verlieren würden, die ihnen einzig für diesen letzten Kampf gegeben waren?

Sowohl Boris als auch Damian hatten diese Gedanken als letzte vor dem wohltuend erholsamen Schlaf, in den sie sanken. Michail gingen ebenso viele Gedanken durch den Sinn, und wie immer, schlief er darüber problemlos ein.

Am nächsten Tag trafen sie sich wieder in Boris Küche. Ohne viele Worte führten sie ihre Unterhaltung dort weiter, wo sie am Abend zuvor aufgehört hatten. Damian begann das Gespräch mit einer Frage.

„Warum sollte Deutschland der Schlüssel zu unserem Erfolg sein?", wollte er wissen.

„Ganz einfach", erwiderte Michail. „Weil Deutschland das stärkste Land in Europa und doch am leichtesten zu manipulieren ist. Anfang der 1990er Jahre waren in Deutschland die Schuldgefühle wegen des Zweiten Weltkrieges immer noch sehr groß. Die einseitige Erziehung in den ersten 40 Jahren nach dem Zweiten Weltkrieg hatte immer noch eine sehr starke Auswirkung auf die öffentliche Meinung. Die Wiedervereinigung hatte zu sehr vielen Ängsten bei Deutschlands Nachbarn geführt. Deutschland hatte das ausgeprägte Bedürfnis, seinen Nachbarn diese Angst zu nehmen. Das ging am besten, indem es sich selbst schwächte und von seinem hart erarbeiteten Wohlstand den anderen etwas abgab. Am Anfang nur wenig, aber mit der Zeit immer mehr als ursprünglich gedacht und überhaupt gewollt. Wir dürfen nicht vergessen, dass die Nachbarstaaten zu diesem Zeitpunkt über jahrzehntelange Erfahrungen verfügten, wie man Deutschland effizient wegen des Krieges zur Kasse bitten konnte."

Damian dachte eine Sekunde nach und fragte: „Wie sollen wir das anstellen? Heutzutage ist dieses Thema doch längst ad acta gelegt. Das Verhalten der Deutschen nach dem Krieg und nach der Wiedervereinigung hat dazu geführt, dass der Zweite Weltkrieg seine Sonderrolle verloren hat. Er steht heute in der gleichen Reihe wie andere Verbrechen an der Menschheit. Zum Beispiel die Sklaverei im 17. und 18. Jahrhundert, die beinahe Ausrottung der einheimischen Völker in Nord- und Südamerika oder Australien oder die napoleonischen Kriege."

Michail wollte schon darauf antworten, doch sein Großvater kam ihm zuvor und ergriff das Wort.

„Wir dürfen nicht vergessen, dass diese umweltfreundliche Steuerung der Wirtschaft eine deutsche Erfindung ist. Genau wie die Soziale Marktwirtschaft. Die Deutschen haben es als Erste geschafft, Umweltschutz mit hohem Profit zu verschmelzen. Außerdem wäre es sehr wichtig, die damals noch vorhandenen Schuldgefühle der Deutschen aufrechtzuerhalten. Sie dürften nicht aus dem öffentlichen Bewusstsein verschwinden. Ansonsten wären die Deutschen nicht mehr bereit, für alle und alles ohne eine Gegenleistung zu zahlen."

Michail konnte sich einfach nicht mehr zurückhalten. Er war überglücklich, zu sehen, dass der Große Vorsitzende und sein Großvater seinen Argumenten folgen konnten. Und so führte er seine Erzählungen weiter.

„Wir haben herausgefunden, dass es in Deutschland eine grüne Partei gab. Sie wurde in den 1980er Jahren gegründet. Leider gelang es ihr nicht, trotz sehr spektakulärer aber sinnloser Aktionen Fuß zu fassen auf der politischen Bühne. Sie verschwanden kurz nach der Wiedervereinigung zunehmend in der Bedeutungslosigkeit und haben sich dann Mitte der 1990er Jahre fast zeitgleich mit der KPD aufgelöst."

„Ich habe noch nie davon gehört", sagte Großvater verwundert. „Wie können die uns jetzt von
Nutzen sein?"

„Ich komme gleich darauf zu sprechen", antwortete Michail, „bitte hab noch ein bisschen Geduld!"

Michail konnte sich ein Schmunzeln nicht verkneifen. Er genoss jeden Augenblick dieser Diskussion. Er fuhr sich mit den Fingern durchs Haar
und sprach weiter.

„Sie geben uns einen Startpunkt. Wir haben eine Struktur, die zwar sehr dilettantisch organisiert,
aber besser als nichts ist. Außerdem hatten sie es,
wie schon gesagt, für eine Zeit lang tatsächlich
geschafft, durch ein paar spektakuläre Anti-Atom-
Aktionen, auf sich aufmerksam zu machen. Sie
hatten dadurch eine Weile eine gewisse Anzahl an
Sympathisanten."

„Ich verstehe immer noch nicht, wie sie uns helfen könnten", sagte Damian und in seiner Stimme
schwang eine leichte Ungeduld.

„Ich hatte schon vorher erwähnt, dass sich die
KPD Mitte der 1990er Jahren auflösen musste",
begann Michail seine Erklärung. „Sie hatte einfach
keine Überlebenschance mehr. Über Jahrzehnte
hinweg wurde sie von uns über die damalige DDR
mit beachtlichen finanziellen Mitteln versorgt, ohne dass sie jemals auch nur in die Nähe politischer

Bedeutung gekommen wäre. Unsere Idee ist, dieses Geld nicht mehr in die KPD zu stecken. Wir müssten frühzeitig dafür sorgen, dass so viele KPD-Mitglieder wie möglich ihr rotes Parteibuch in die tiefste Schublade verschwinden lassen und den Grünen beitreten. Damit könnten wir unser Gedankengut in eine Partei implementieren, die nicht vorbelastet wäre. Im Gegenteil, diese Partei würde dann schon sehr früh auf der Welle des Umweltschutzes reiten und könnte behaupten, dass alles, was sie verlangt ausschließlich der Umwelt diene. Sie würde keinerlei Angriffsfläche bieten, weil sie ein unbeschriebenes Blatt wäre."

Bevor Michail weitermachen konnte, hob Damian die Hand und gebot damit, dass er schweigen solle. Er musste einen Moment nachdenken. Irgendeine Partei zu unterstützen, die nie eine politische Rolle gespielt hatte und dabei die eigene außen vor zu lassen, erschien ihm ein ungeheuerlicher Gedanke. Geradezu unvorstellbar!

„Wir können doch nicht unsere eigenen Leute im Stich lassen!", meinte er gleichermaßen entrüstet wie bedrückt. „Das wird nie eine Mehrheit im Rat finden!"

Michail war auf diesen Einwand nicht unvorbereitet.

„Aber wir lassen unsere Leute nicht im Stich", beeilte er sich deshalb zu antworten. „Im Gegenteil! Wir geben ihnen und uns dadurch eine Zukunft! Wir müssen dafür sorgen, dass sie so früh wie möglich die Macht in dieser grünen Partei ergreifen. Im zweiten Schritt kann diese Partei unter deren Führung und mit Unterstützung unseres Geldes immer stärker werden, so dass sie zu einer ernstzunehmenden politischen Kraft heranreift. Und genau da spielt uns die Wiedervereinigung der Deutschen in die Hände!"

Damian und Großvater hatten zwar Schwierigkeiten, Michails Argumenten auf Anhieb zuzustimmen. Trotzdem drängte sie ihr Bauchgefühl, diese zumindest ernsthaft in Betracht zu ziehen. Wie jedoch die Wiedervereinigung der Deutschen ihrer Partei dienen sollte, vermochten sie einfach nicht zu erkennen. Ihr Land hatte doch dadurch einen wichtigen Verbündeten und eine strategisch sehr wichtige Militärpräsenz mitten in Europa verloren. Großvater sprach deshalb für beide, als er Michail aufforderte, darauf näher einzugehen.

„Es ist doch ganz einfach", antwortete Michail ruhig. „Die SED hat es geschafft trotz Wende ein riesiges Vermögen zu retten. Sie war damals die mit Abstand reichste Partei in Europa. Außerdem hatte ihre Elite nach der Wende in der damaligen DDR keine Chance mehr, eine wichtige politische Rolle zu spielen. Trotzdem gab es noch lange nach der Wende ein sehr großes Wählerpotential für uns: überzeugte Parteigenossen und alte Kader. Die Nachfolgepartei der SED war aber manchen zu links, deshalb konnte sie nur begrenzt das ganze Wählerpotential ausschöpfen. Wir müssen mehrere Punkte sicherstellen:

Zunächst müssten die Grünen vor der Wende sehr bekannt im Westen werden. Am besten wäre es, von Deutschland aus eine Gründungswelle grüner Parteien in ganz Europa zu starten, so dass wir überall einen Multiplikator haben.

Gleich nach der Wende müssten die Grünen im Osten der neuen Republik das moderate linke Wählerpotential für sich gewinnen, das für die SED-Nachfolgepartei außer Reichweite bleibt.

Weiterhin würden die Grünen eine Politik machen, die alle gemäßigten Linken der ehemaligen DDR und BRD anspricht, und zwar gestärkt durch unsere Kader aus dem Westen, die wiederum die Grünen voll im Griff hätten.

Durch eine enge und der Öffentlichkeit selbstverständlich *nicht* bekannte Abstimmung zwischen den Grünen und der SED-Nachfolgepartei könnten wir das gesamte linke Spektrum im Westen und im Osten unter unsere Kontrolle bringen.

Mit dem geretteten Vermögen der SED könnten wir beide Parteien sehr gut finanzieren, so dass sie eine immer wichtigere politische Rolle im wiedervereinten Deutschland einnehmen. Wir müssten zum Sammelbecken aller Linken, aller 1968er werden, die nicht bereit sind, eine andere Meinung als die eigene zu akzeptieren, auch wenn dieser durch die Mehrheit widersprochen würde. Sie müssten so viel Lärm machen, dass alle annehmen würden, sie seien die Mehrheit."

Damians alte Augen funkelten lebhaft, als er Michail in seiner Rede unterbrach.

„Da ist wirklich etwas dran!", bestätigte er. „Wir haben es doch in den 1968er Jahren geschafft, mit wenigen Agitatoren und ein paar tausend Protestierenden das öffentliche Leben des damaligen Westens teilweise lahm zu legen und langfristig massiv zu beeinflussen. Diese Strategie könnten wir dann wieder anwenden. Durch die Bündelung aller radikalen Linken aus dem Westen und Osten innerhalb einer Partei könnten wir tatsächlich sicherstellen, dass der extreme linke Flügel genügend Potential hat, die Bundespolitik zu beeinflussen. Durch die Einbindung der restlichen Linken aus Ost und West innerhalb der Grünen sichern wir auch das Überleben dieser Partei. Durch eine geschickte Abstimmung beider Parteien hätten wir das gesamte linke Spektrum unter unserer Kontrolle. Das würde das Leben der traditionellen Parteien schwer machen, die dann unter Profilierungszwang stehen. Dadurch würden sie Fehler machen, die uns noch mehr Sympathisanten bescheren könnten. Das macht Sinn!"

„Genau!", sagte Michail. „Und das 'grüne Antlitz' ermöglicht es uns, *unsere* Ideen wieder salonfähig zu machen. Der Durchschnittsmensch ist sehr leicht in die Irre zu führen. Das hat sich im Laufe der Geschichte immer wieder bestätigt. Warum sollten wir nicht das Gleiche machen, indem wir die von uns angestrebte Gleichheit aller mit grünen Argumenten vermischen, die von allen auf Anhieb und ohne jegliche weitere logische Überprüfung akzeptiert werden? Das Schönste ist aber, dass wir Anfang der 1980er Jahren noch genügend Geld und weltweiten Einfluss hatten, um die richtigen Weichen zu stellen. Wie wir heute wissen, wird ein umweltfreundliches Verhalten von alleine immer wichtiger. Wir könnten uns mit gezielten und sehr frühen Aktionen diese natürliche Entwicklung zunutze machen. Dadurch würden wir uns als die Erfinder des grünen Handelns verkaufen, die frühzeitig, weitsichtig und vor allem uneigennützig agieren. Es würde uns weltweit hohes Ansehen verschaffen und es wäre ein Leichtes, unsere Ziele der breiten Öffentlichkeit zu verkaufen. Wir müssten nur dafür sorgen, dass alle glauben, alles sei nur im Namen des Umweltschutzes notwendig."

Michael machte eine Pause. Er spürte, seine Gesprächspartner brauchten erneut eine kleine Denkpause. Das alles war einfach zu unerwartet, ja, geradezu verrückt! Es hatte mit der traditionellen Vorgehensweise der ganzen Partei nichts zu tun. Es war eine regelrechte Revolution. Das musste erst verdaut werden!

Als ob die beiden seine Gedanken lesen konnten, standen sie gleichzeitig auf und gingen kommentarlos gemeinsam auf die Veranda. Michail spürte, dass sie alleine sein wollten und blieb in der Küche zurück.

Damian und Boris standen eine ganze Weile auf das Geländer der Veranda gestützt da, sahen in die Ferne hin zu Bergen und jeder ging seinen eigenen Gedanken nach. Damian war es, der die Stille brach.

„Ganz schön viele neue Gedanken, oder?"

„Ja, ich bin regelrecht atemlos vor Überraschung! Was Michail uns da an Möglichkeiten vor Augen führt, ist komplett anders als unsere bisherige Vorgehensweise. Ich versuche die ganze Zeit, einen Ansatzpunkt zu finden, um Michails Gedankenkonstrukt irgendwo anzugreifen. Mir fällt aber nichts ein!"

„Genau das ist auch mein Problem", sagte Damian mit ungewohnt unsicherer Stimme. „Es hört sich völlig verrückt an, macht aber bei näherer Betrachtung absolut Sinn!"

Boris schaute seinen alten Freund erstaunt an. Er glaubte, etwas Angst in seiner Stimme gehört zu haben und legte ihm die Hand auf die Schulter.

„Alles in Ordnung mit dir?", fragte er seinen Freund. „Du hörst dich seltsam an."

Durch Damians Körper fuhr ein Ruck und er wandte sich voll und ganz Boris zu.

„Nichts ist klar!", sagte er energisch. „Ich höre Michail zu und frage mich die ganze Zeit, ob wir einfach blind waren. Wir haben es nie gewagt, uns vom althergebrachten Muster zu befreien und neue Wege zu gehen. Im Prinzip haben wir immer wieder die gleiche Vorgehensweise angewandt, die schon Genosse Stalin nach dem Großen Krieg eingesetzt hatte, um unseren Einfluss in Osteuropa auszudehnen. Wir haben uns überhaupt nicht weiterentwickelt, verstehst du, Boris. Wir haben geschlafen! Wir haben den Anschluss verpasst! Und jetzt fühle ich mich wie ein alter Dinosaurier, dessen Spezies auszusterben scheint."

„Na, na, so schlimm ist es auch nicht", widersprach Boris. „Vergiss bitte nicht, dass wir diese Überlegungen nicht zu Ohren bekommen hätten, wenn du das ganze verrückte Vorhaben nicht unterstützt hättest. Also, ich sehe hier keinen Dinosaurier."

Damian lächelte schwach.

„Ja, vielleicht hast du Recht, Boris."

Sie blieben noch eine Weile auf der Veranda, ohne ein weiteres Wort zu wechseln. Boris schlug vor, etwas zu essen. In der Küche wartete Michail. Er hatte den gleichen Gedanken gehabt wie sein Großvater und erwartete ihn und Damian mit einem gedeckten Tisch. Unsicher schaute er sie an. In ihren Gesichtern war nichts zu lesen, das ihm diese Unsicherheit hätte nehmen können. Nur Müdigkeit und offensichtliche Enttäuschung konnte er sehen. Doch warum Enttäuschung? Michail würde warten müssen, bis die beiden sich wieder äußerten.

So setzten sie sich still an den Tisch und aßen die kleine Mahlzeit, die Michail bereitet hatte.

Frischer Kaffee dampfte in den Bechern, nachdem Michail den Küchentisch abgeräumt hatte. Immer noch schwiegen die beiden anderen beharrlich. In Michail jedoch rumorte eine Ungeduld, die er nicht zu zähmen vermochte, und so fragte er höflich, ob er weiter erzählen dürfe. Damian sah ihn ernst an.

„Vorher will ich dich etwas fragen", sagte er. „Glaubst *du* an das ganze Zeug, das du uns erzählt hast? Ich will wissen, ob du das alles wirklich für sinnvoll und machbar hältst!"

Damians Stimme klang fordernd. Er verlangte eine klare, eindeutige Antwort von Michail.

„Ja, voll und ganz!", antwortete Michail fest überzeugt, schnell und mit einer Sicherheit und Begeisterung, die sowohl Boris als auch Damian überraschte.

Die beiden alten Herren wechselten einen langen bedeutungsvollen Blick. Dann nickte Damian Michail aufmunternd zu.

„Also, bitte! Dann erzähl weiter!", sagte er und seine Stimme klang jetzt unpersönlich und kalt.

Die Kälte in Damians Stimme ließ Michail einen kühlen Schauder über den Rücken laufen. Doch er freute sich innerlich, dass die beiden ihm weiterhin ihre Aufmerksamkeit schenkten. Und so wollte er keine Sekunde Zeit mehr verlieren, seine Berichterstattung weiterzuführen.

„Wie schon erwähnt", begann er, „müssten wir Deutschland zu unserem Brückenkopf machen. Über grünangehauchte Aktionen würden wir dafür sorgen, dass wir die Aufmerksamkeit der Öffentlichkeit erringen, so dass diese uns glaubt, ohne weiter nachzudenken. Die Industrie würde natürlich weiter wachsen, weil sie einfach stark und innovativ ist. Das würde uns helfen auf der ganzen Welt zu argumentieren, dass unser grünes Handeln wirtschaftsfördernd sei, man müsse sich nur Deutschland anschauen. Unsere Gegner hätten keine Möglichkeit, das erreichte mit dem tatsächlich möglichen Wachstum zu vergleichen. Niemand sollte das versuchen! Er würde als eingefleischter Kapitalist und Umweltsünder leicht zum Schweigen gebracht werden. Damit hätten wir die Bühne frei, langfristig unsere Grundgedanken zu verkaufen.

Erstens: Eine Gesellschaft, die von einer kleinen Gruppe zentral gesteuert würde. Sie entscheidet, was gut oder schlecht ist. Auch wenn wir noch nicht die absolute Mehrheit im Parlament erreicht hätten, könnten wir uns als moralische Instanz profilieren und dadurch sehr viel Macht bekommen.

Zweitens: Das einzelne Individuum müsste sich dem Wohl der Allgemeinheit unterwerfen. Alles was unserer Form von Umweltschutz dienen würde, wäre per Definition erlaubt, und jeder Widerstand müsste im Keim erstickt werden: Wer nicht mit uns ist, ist gegen uns.

Drittens: Zentrale Koordinationsstellen, die das Allgemeinwohl im Auge hätten, würden vor allem über ein gerechtes und augenscheinlich umweltfreundliches Steuersystem für eine gerechte Verteilung des Volkseinkommens sorgen. Die Reichen müssten ihren Reichtum ohne Gegenleistung mit den Armen teilen.

Viertens: Individuelle Mobilität wäre umweltschädlich und müsste deshalb weitestgehend eingeschränkt werden. Das Wohnen im Grünen, weit weg von der Arbeitsstätte müsste so teuer gemacht werden, dass die Menschen sich das nicht mehr leisten können. Dadurch würden sie auf das Häuschen im Grünen verzichten und sich eine kleine Wohnung in der Nähe des Arbeitsortes suchen. So könnten wir sicherstellen, dass die Menschen in leicht kontrollierbaren, weil sehr konzentrierten Wohnungseinheiten, leben. Die eingeschränkten Wohnungsbedingungen würden dafür sorgen, dass die Ansprüche des einzelnen immer kleiner werden. Außerdem könnten wir reaktionäre Elemente früher erkennen und so leichter aussortieren, damit diese keine Unruhe stiften."

„Wieso sollten die Menschen das akzeptieren?", warf Boris ein. „Das sind genau die Rahmenbedingungen, die uns immer vorgeworfen wurden. Und jetzt sollen die Massen das freiwillig mitmachen?"

Boris stellte diese Fragen, obwohl er befürchtete, dass ihm die Antwort nicht gefallen würde. Er konnte sich nicht vorstellen, dass es darauf eine vernünftige Antwort gab.

Michail antwortete nach kurzer Bedenkpause.

„Diese Frage haben wir uns selbstverständlich auch gestellt. Am Anfang hatten wir auch keine Antwort darauf und dachten, wir sind mit unseren Gedanken auf dem Holzweg. Aber dann erinnerten wir uns daran, dass die Menschen, wenn sie von etwas überzeugt sind, fast alles mitmachen. Wir müssten also dafür sorgen, dass jeder, der uns widerspricht, als Umweltsünder, als Ewiggestriger angeschaut würde. Das wäre vor allem in Deutschland einfach, weil es nur eine andere Variante der Denkweise sein würde, die der Bevölkerung nach dem Krieg eingeprägt wurde. Jeder, der es wagte, die offizielle Darstellung auch nur ansatzweise in

Frage zu stellen, wurde sofort ohne Zutun staatlicher Kontrollstellen mundtot gemacht. Das fand - typisch deutsch - sehr effizient und ohne Nachdenken statt, weil die Menschen aus tiefster Überzeugung handelten. Das führte auch dazu, dass Deutschland über Jahrzehnte hinweg freiwillig Unsummen an die ganze Welt bezahlte, nur um sich vom eigenen Schuldgefühl freizukaufen. Die Menschen dort akzeptierten ohne jeglichen Widerstand einen niedrigeren als tatsächlich möglichen Lebensstandard, um in anderen Ländern ohne Gegenleistung für einen höheren zu sorgen. Sie waren überzeugt, das Richtige zu tun, weil sie noch zu büßen hätten. Genau diese Einstellung müssen wir in Bezug auf ihr Umweltverhalten sicherstellen: Alles ist automatisch und ohne Einschränkung erlaubt, solange es dem Umweltschutz dient. Dieses Gedankengut muss und kann nur von oben sichergestellt werden. Dazu komme ich aber später noch einmal."

„Angenommen, das würde in Deutschland funktionieren", sagte Damian. „Wie sollten wir das auf ganz Europa übertragen? Vor allem, warum sollten die anderen Länder nur für den Umweltschutz ihre Wettbewerbsfähigkeit und dadurch ihren Wohlstand einschränken?"

„Dafür haben wir eine hervorragende Ausgangsbasis", hatte Michail sofort die Antwort parat. „Durch Transferzahlungen aus Deutschland würde sich der Lebensstandard nicht so stark verschlechtern. Zum Zeitpunkt der Wiedervereinigung gab es ein künstliches Konstrukt namens EG. Über diese Umverteilungsmaschine wurde sehr viel Wohlstand ohne jegliche Gegenleistung von den reichen an die armen europäischen Ländern transferiert. Trotzdem war der Unterschied in der wirtschaftlichen Leistung der einzelnen Länder weiterhin enorm. Irgendwann dominierten die nördlichen europäischen Staaten - von Deutschland angeführt – den gesamten europäischen Markt. Die Deutsche Mark war das Maß aller Dinge und übte einen enormen Druck auf die anderen aus, endlich Reformen einzuführen, um wieder oder endlich konkurrenzfähig zu werden. Das führte am Anfang zu vielen Misstönen in der europäischen Politik und zu sozialen Unruhen in den leistungsschwachen Ländern. Weil die einzelnen Mitglieder jedoch in unterschiedlicher Ausprägung durchaus leistungsfähig waren, sorgte das gesamte Gefüge letztlich für ein wirtschaftlich starkes Europa.

Wir müssten über die deutsche Wiedervereinigung sicherstellen, dass parallel zum Wiederaufbau der ehemaligen DDR der Wohlstandtransfer auch auf europäischer Ebene fortgeführt und perfektioniert würde."

„Wie soll so etwas geschehen?", fragte Damian ungläubig.

„Zu diesem Punkt muss ich nun weiter ausholen und die Geschichte ein bisschen bemühen", antwortete Michail. „Wie wir wissen, zeigt die Geschichte jedes Landes gewisse Muster, die sich immer wieder wiederholen, weil sie der jeweiligen Mentalität entsprechen. So zum Beispiel war West-Deutschland schon damals mit Abstand das stärkste Land auf dem Kontinent gefolgt von ein paar Ländern wie Österreich, Finnland und die Niederlande. Die anderen Länder hingegen hatten schon immer eine andere und völlig verschiedene Vorgehensweise, mit der sie mehr oder weniger erfolglos waren. Es ist keine Überraschung, dass Frankreich und Italien ihrer sozialistischen Vergangenheit treu bleiben und gleichzeitig versuchen würden, ihre Wirtschaft einigermaßen konkurrenzfähig zu machen. Spanien hatte schon immer noch schlechtere Ergebnisse erzielt und könnte sich irgendwann mit einer Mischung aus Transferzahlungen und eigener Leistung arrangieren. Das würde auch zu ihrer Tradition wunderbar passen: Das Einkommen, das früher aus den Kolonien durch grenzenlose Gewalt und brutalen Völkermord geraubt wurde, könnte durch freiwillige Zahlungen der reichen europäischen Nachbarn einfach ersetzt werden. Griechenland bleibt sich mit Sicherheit treu und arrangiert sich aus Bequemlichkeit komplett mit Transferzahlungen. Das Land würde dadurch einen hohen Lebensstandard erreichen, ohne die entsprechende Gegenleistung erbringen zu müssen. Sämtliche Transferzahlungen würden sofort konsumiert werden. Es wäre weder eine Infrastruktur noch eine einigermaßen leistungsfähige Wirtschaft implementiert sein. Wir gehen davon aus, dass sich nach dem Zusammenbruch des Warschauer Paktes die ehemaligen Mitglieder bis auf wenige Ausnahmen zu leistungsfähigen Volkswirtschaften etablieren werden, die nach einiger Zeit als Leistungsempfänger dem Club der Nettobeitragszahler beitreten werden. Vor allem Polen, Tschechien, Ungarn und Slowenien würden zu starken und verlässlichen Nettoeinzahlern werden, die den Süden Europas mitsubventionieren. Das süße Leben auf Kosten anderer wird zu verführerisch sein und keiner würde darauf verzichten wollen. Wen interessiert da schon die eigene Reputation?"

„Ich sehe immer noch nicht klar, worauf du hinaus willst", unterbrach Boris sein Enkelkind.

„Es ist so einfach wie genial", antwortete Michail. „Die EG ist die optimale Wohlstandstransfermaschine. Sie war von den Deutschen dominiert, was die anderen wegen der hohen Transferzahlungen akzeptierten. Für die Wiedervereinigung hätten die Deutschen damals fast jeden Preis bezahlt. Vor allem der damalige Bundeskanzler war geradezu besessen von der Idee, als einer der Gründungsväter der 'Vereinigten Staaten von Europa' in die Geschichte einzugehen. Dafür hätte er alles verraten und verkauft. Gleichzeitig war schon damals deutlich zu erkennen, dass die Deutschen mit ihrer starken Deutschen Mark Europa und die Welt dominieren würden. Das war allen, aber besonders den Franzosen und Engländern ein Dorn im Auge. Die Angst vor der Dominanz der Deutschen nahm in diesen Ländern panische Ausmaße an und hätte beinahe die Wiedervereinigung verhindert. Denn beide Länder waren im Club der Siegermächte und hatten die Möglichkeit, die Wiedervereinigung zumindest stark hinauszuzögern."

„Aber eine Verzögerung hätte der damaligen DDR über kurz oder lang den Todesstoß versetzt", erwiderte Damian. „Gleichzeitig hätten Millionen von DDR-Flüchtlingen die damalige BRD stark belastet und zu sozialen Unruhen geführt. Die DDR-Bürger hätten die Gastarbeiter verdrängt, und diese hätten sich mit Sicherheit zur Wehr gesetzt."

„Richtig!", bestätigte Michail eifrig. „Und das hätte Deutschland wiederum schwach gemacht. Genau das wollten ja die Engländer und die Franzosen erreichen. Sie befürchteten aber, dass die sozialen Unruhen auf ihre Länder übergreifen könnten. Obendrein bestand die Gefahr, dass Deutschland sich vermehrt um die inneren Angelegenheiten kümmern würde, um die Probleme im eigenen Land in den Griff zu bekommen. Deren

Lösung hätte jedoch Unmengen an Kapital verschlungen, was bedeutet hätte, dass die Transferzahlungen innerhalb der EG an die anderen europäischen Länder zumindest eingeschränkt oder im schlimmsten Fall eingestellt worden wären.

Das dürfte bei der Verfolgung unserer Ziele durch den Eingriff in jene Geschichte natürlich nicht passieren! Also müssten wir einen Weg finden, um sicherzustellen, dass Deutschland sowohl die Kosten seiner Wiedervereinigung tragen muss als auch weiterhin das restliche Europa finanzieren will."

Damian richtete sich energisch auf. Kopfschüttelnd blickte er den Jungen an, der die Verständnislosigkeit in den alten Augen klar ablesen konnte.

„Das ist unmöglich Michail!", sagte Damian entschieden. „Jetzt hast du komplett den Kontakt zur Realität verloren! Dagegen ist die Quadratur des Kreises ja ein Kinderspiel! Kein Volk dieser Welt würde sich freiwillig und bewusst selber in den Ruin treiben!"

Damian war wütend auf sich selbst, dass er sich die Geschichte bis hierher überhaupt ganz angehört hatte. Das waren doch alles nur Utopien, die einen riesigen Zeitverlust darstellten. Er stand auf und verließ ohne ein Wort den Raum.

Michail erstarrte vor Schreck über diese unerwartet heftige und ablehnende Reaktion des Großen Vorsitzenden. Boris war ebenfalls äußerst überrascht, wie heftig sein Freund reagiert hatte. Er musste zwar zugeben, dass Michail gerade ein paar sehr abenteuerliche Theorien präsentiert hatte, die sich seiner Meinung nach nie über den Laborstatus hinaus entwickeln könnten. Aber sie würden vielleicht die Ausgangsbasis für eine vernünftige Vorgehensweise abgeben.

Boris drückte Michail sanft zurück auf seinen Stuhl, als dieser aufstehen und hinter Damian herrennen wollte. Mit einem um Verständnis und Geduld bittenden Blick, sah er Michail in die Augen und ging selbst seinem alten Freund nach. Als er aus dem Haus ging, war er überrascht, Damian auf der Veranda stehend zu sehen. Eigentlich war er davon ausgegangen, dass dieser sich ganz zurückgezogen hatte. Boris näherte sich ihm und stellte sich wie immer an seine rechte Seite. Er lehnte sich nach vorne über das Geländer und rieb sich mit der rechten Hand die linke Faust.

„Hast du etwas davon gewusst?", fragte Damian.

„Nein", erwiderte Boris wahrheitsgetreu, „das ist mir auch neu. Was ist los?"

Damians Körper regte sich unbehaglich, als wolle er einen lästig gewordenen Mantel abschütteln.

„Es ist alles zu neu, zu anders", sagte er und Ratlosigkeit schwang in seinem Ton. „Ich komme einfach nicht mehr mit …, und jetzt auch noch diese Utopien …"

Boris überlegte sehr genau, was er jetzt sagen sollte. Zu viel stand auf dem Spiel. Sie wollten endlich ihr Ziel erreichen und hatten durch Michail die große Chance. Ihre letzte Chance ganz sicher.

„Ist unser Ziel selbst nicht eine Utopie?", fragte er den Freund sanft. „Wir wollen doch eine Gesellschaft, in der alle Menschen gleich sind, unabhängig davon, wie leistungsfähig oder -willig sie sind. Diese kann nur mit perfekten Menschen funktionieren, die es einfach nicht gibt. Trotzdem glauben wir daran und haben unser ganzes Leben diesem Ziel gewidmet. Hältst du das jetzt für so falsch?"

Damian blickte ihn von der Seite an.

„Nein, natürlich nicht! Aber wenn Michail wirklich Recht hat, dann lagen wir alle seit so langer Zeit grundlegend falsch! Das tut so weh, mein Freund. Es tut weh und macht mich wütend auf mich selbst! Ich musste da jetzt raus!"

Boris hatte noch nie erlebt, dass Damian sich rechtfertigte. Er stand sonst immer über den Dingen und war der Große Vorsitzende, der eine Rechtfertigung einfach nicht nötig hatte. Aber Boris erkannte auch, dass Damian genau jetzt ein wenig Zeit brauchte, um alles Gehörte und Gedachte zu verdauen. Wie er selbst. Da legte er seine Hand auf Damians Schulter und sagte mit leiser, aber sicherer Stimme: „Lass uns morgen weitermachen, Damian. Ich glaube, wir brauchen etwas Zeit zum Nachdenken."

Damian nickte zustimmend. Sein alter, verstehender Freund hatte Recht. Die Dinge wollten gut durchdacht sein!

„Versprichst du mir, dass du nicht alleine mit Michail weitermachst?", bat er Boris. „Ich will nicht, dass du vor mir erfährst, wie es weiter gehen sollte! Und du sprichst auch mit sonst niemandem darüber! Hörst du?!"

„Versprochen!", gab Boris kurz zur Antwort und verlieh ihr durch einen leichten Druck seiner Hand auf der Schulter des Freundes eine herzliche Bestätigung.

„Das ist so verrückt, Boris! So verrückt!", sagte der Große Vorsitzende und schüttelte wieder und wieder sein Haupt.

Er drehte sich um, ging langsam die Treppe hinunter und machte sich langsam und bedächtig auf den Weg nach Hause.

Pünktlich um 8 Uhr trat Damian durch Boris' Küchentür herein. Boris saß am Tisch und wartete bereits zusammen mit Michail auf ihn. Damian goss sich selbst einen frisch duftenden Kaffee in eine große Tasse, setzte sich ebenfalls an den Tisch und fragte, als hätte es den Tag zuvor nicht gegeben: „Können wir endlich weitermachen?"

Michail schaute fragend zu seinem Großvater hinüber. Doch der nickte nur kurz mit dem Kopf und wartete. Michail begann, mit leiser und unsicherer Stimme zu erzählen. Schon nach den ersten paar Sätzen unterbrach ihn Damian.

„Michail, in deinem Leben wirst du öfters auf Menschen treffen, die vermeintlich eine stärkere Position innehaben als du und nicht deiner Meinung sind", sagte er. „Du darfst dich von ihnen nicht einschüchtern lassen, wenn *du* deiner Sache sicher bist. Ansonsten hast du schon verloren, bevor du deinen Vorschlag unterbreitet hast. So werden deine Ziele nicht realisierte Träume bleiben. Also, hör auf, so schüchtern wie ein Schuljunge am ersten Schultag zu sprechen, der von seinem Lehrer abgefragt wird! Stell dich hin und kämpfe für deine Ideen und Überzeugungen! Sei ein Mann!"

Michail war völlig überrascht von der kurzen eindringlichen Rede an ihn ganz persönlich und war unsicher, was er darauf erwidern sollte. Offenbar schaute er ziemlich dämlich drein, denn die beiden alten Herren schauten ihn mit amüsiertem Grinsen an. Verlegen rieb Michail sich die Hände an seiner Hose, weil sie schwitzten, strich sich aus seinem Hemd ein paar imaginäre Falten weg und startete seine Erzählung von vorn. Seine Stimme wurde jetzt mit jedem Wort sicherer und dominanter. Die Eindringlichkeit seiner Sätze gebot keine Unterbrechung mehr.

„Also fasse ich unsere Überlegungen zusammen: Wir haben mit Deutschland ein starkes Land, das gerade im Begriff ist, sich seinen größten Traum - nämlich seine Wiedervereinigung - zu verwirklichen. Das bereitet seinen Nachbarn Sorge. Die Einen fürchten, dass Deutschland noch stärker wird, die Anderen sorgen sich um ihre finanziellen Subventionen, die sie von Deutschland kassieren. Die politische Klasse in Deutschland ist stark durch Schuldgefühle wegen des Zweiten Weltkrieges geprägt und will den Nachbarstaaten ihre Befürchtungen nehmen. Sie ist bereit, deren Sorgen wie schon in der Vergangenheit mit einem dicken Scheckbuch 'weg zu kaufen'. Die neue deutsche Wunderwaffe heißt „Deutsche Mark". Was liegt also näher, als diese Wunderwaffe zu zerstören, damit keiner mehr Angst vor dem bösen Deutschen hat? Das Terrain dazu wurde über 40 Jahre lang gut vorbereitet: die damalige EG, die sich zu einer stillen, aber sehr effektiven Wohlstandstransfermaschine entwickelt hatte. All das wurde von einem Bundeskanzler gekrönt, der als Geschichtsgelehrter vom Wunsch getrieben ist, um jeden Preis selber Geschichte zu schreiben."

„Ich muss zugeben, das sind gute Rahmenbedingungen. Wie genau können wir uns das zunutze machen?", wollte Damian wissen. Dabei klang er hoffnungsvoll und sah Michail erwartungsvoll an.

Michail, der seine bisherige Sicherheit wiedergewonnen hatte, wusste die Antwort sofort. Er hatte mit dieser Frage gerechnet.

„Wie wir wissen, waren vor allem die Engländer gegen eine Wiedervereinigung Deutschlands. Ebenso die Franzosen. Aber die Engländer kämpften erbittert dagegen, weil sie sich im Gegensatz zu den Franzosen nicht damit abgefunden hatten, dass Deutschland trotz verlorenen Krieges wieder die große wirtschaftliche Macht auf den Kontinenten geworden war. Gleichzeitig hatten es beide Länder in der Hand, die Wiedervereinigung sehr stark hinauszuzögern, wozu sie trotz aller vorher erwähnten Risiken auch bereit waren. Der amtierende Bundeskanzler weiß aber, dass ihn eine verzögerte Wiedervereinigung bei den nächsten Wahlen sein Amt kosten wird. Dadurch wäre ihm jegliche Chance verbaut, Kanzler der Einheit zu werden. Also wird er England und Frankreich etwas anbieten müssen, womit beide nicht rechnen. Es muss etwas sein, das dafür sorgt, dass die Umverteilungsmaschine noch effizienter wird. Also wird die starke Wunderwaffe geopfert: die Deutsche Mark wird freiwillig abgeschafft. Dafür stimmen die zwei Siegermächte einer schnellen Wiedervereinigung zu. Europa wird durch die gemeinsame

Währung für einen sicheren und dauerhaften Wohlstandstransfer von Deutschland in die weniger leistungsfähigen und –willigen Länder sorgen, die es sich mit diesen Transferzahlungen längst sehr bequem gemacht haben."

„Mhm", brummte Boris. „Aber kein Land wird seine Souveränität opfern nur des lieben Geldes wegen. Auch nicht als bequemer Empfänger von Transferzahlungen. Das bedeutet, dass jedes Land seinen eignen Haushalt behalten wollen wird. Wenn ein Land pleite ist, muss es weiterhin selbst zurechtkommen."

Michail nickte zustimmend: „Am Anfang wird es so sein. Aber wenn ein europäisches Land durch seine eigenen Fehler kurz vor der Pleite steht, wird es an die Solidarität der anderen appellieren. Dabei sind die Deutschen wegen ihrer anerzogenen Schuldgefühle stets dankbare Opfer gewesen. Man muss nur an den Zweiten Weltkrieg erinnern, und schon zücken deutsche Politiker das Scheckbuch. Aber auf diesem Weg wird Deutschland im ersten Schritt sowohl für die eigene Wiedervereinigung als auch für die anderen Ländern bezahlen. Im zweiten Schritt wird durch die Währungsunion sichergestellt, dass dieser dauerhafte Transfer in Stein gemeißelt wird.

Inzwischen werden die Grünen in Europa zu einer politischen Größe herangereift sein. Bis Deutschland den klammen Ländern dauerhaft hilft, wird es zeitweise zu sozialen Unruhen in den Pleiteländern kommen. Das wird den jeweiligen sozialistischen Parteien den Rücken stärken, weil die Armen in diesen Ländern ohne die Transferzahlungen leiden werden. Die inzwischen schon eingespielte und fast bis zur Perfektion entwickelte Zusammenarbeit zwischen den Grünen und den Linken wird dann dafür sorgen, dass wir in Europa ein mächtiges Werkzeug haben, welches für einen massiven Linksruck auf dem Kontinent sorgen wird. Wichtig ist, dass unter dem Mantel des Umweltschutzes und des Friedens die größte Umverteilungsmaschinerie in der Geschichte der Menschheit am Laufen gehalten und ständig weiter perfektioniert wird."

Michail stand auf, holte sich ein Glas mit frischem Wasser, das er genüsslich langsam in kleinen Schlucken ausleerte. Er war etwas müde und brauchte eine kurze Pause. Als er sich wieder hinsetzte, ergriff Damian das Wort.

„Das hört sich soweit gut an. Verrückt, abenteuerlich, aber mit einer guten Vorbereitung vielleicht machbar", sagte er. „Europa ist sehr wichtig und es ist gut für uns, wenn wir es haben. Was ist aber mit dem Rest der Welt?"

Diese Frage war selbstverständlich berechtigt. Sie schwebte schon die ganze Zeit im Raum und verlangte nun, beantwortet zu werden. Michail nahm seine Rede wieder auf.

„Es hört sich verrückt an, aber das wird leichter sein, als wir denken. Auch hierfür müssen wir auf der grünen Welle reiten. Wir haben es in den 1970er und 1980er Jahren geschafft, dass die Weltöffentlichkeit ohne nachzudenken, akzeptiert hat, dass die sogenannte Erste Welt auf Kosten der sogenannten Dritten Welt ihren Wohlstand erreichen konnte. Das führte zu einem ungeheuren Geldtransfer in die armen Länder, der dort aber sofort konsumiert wurde. Die armen Länder konnten auch weiterhin nicht über Schlüsseltechnologien verfügen. Wir müssen über eine weltweit angelegte Kampagne sicherstellen, dass ein massiver und vor allem kostenloser Technologietransfer stattfinden wird. Wir müssen effizient Horrorszenarien verbreiten, die einen solchen Transfer zur angeblichen Rettung der Welt notwendig machen. Anfang der 1980er sind wir noch mächtig und die ganze Welt hört uns zu. Über verschiedene NGO Organisationen[1], die wir ins Leben rufen und finanzieren

---

1Laut Wikipedia ist ein NGO eine „**Nichtregierungsorganisation** (NRO bzw. aus dem Englischen NGO) oder auch **nichtstaatliche Organisation** ist ein zivilgesellschaftlich zustande gekommener Interessenverband. Heute wird der Begriff von und für Vereinigungen benutzt, die sich insbesondere sozial- und umweltpolitisch engagieren. Anders als der Begriff nahelegt, hängen aber auch viele Nichtregierungsorganisationen in erheblichem Maße von staatlichen Mitteln ab. So wird etwa das 162 Mio. US-Dollar umfassende Budget der Nothilfe- und Entwicklungsorganisation Oxfam zu einem Viertel aus Mitteln des Vereinigten Königreichs sowie der Europäischen Union finanziert. Weiterhin werden Nichtregierungsorganisationen auch betrieben, um inoffiziell Einfluss auf die Politik und öffentliche Meinung in anderen Ländern zu nehmen. So hat die russische Regierung den USA mehrfach vorgeworfen, etwa die Aufstände in der Ukraine (Orange Revolution) und Georgien (Rosenrevolution) massiv finanziell zu fördern…"

und die offiziell nur dem Umweltschutz unter der Obhut der UNO verpflichtet sind, müssen wir im Rahmen von weltweiten Konferenzen der Öffentlichkeit glaubwürdig verkaufen, dass wir uns ausschließlich für den Umweltschutz einsetzten. Wir müssen diese überzeugen, durch einen freiwilligen Verzicht der reichen Länder, den Planeten retten zu können. Der kleine Mann suchte schon immer nach Möglichkeiten, sich zu profilieren. Jetzt muss man ihm das gute Gefühl geben, er könne den Planeten und irgendeinen süßen Vogel retten und schon legt er sich ohne Sinn und Verstand ins Zeug. Diese Konferenzen müssen mit viel Tamm-Tamm organisiert werden. Profilierungssüchtige Film- und Musikstars müssen am Anfang als Aushängeschilde und weltweite Identifikationsfiguren für Ansehen sorgen. Zu einem späteren Zeitpunkt müssen wir bekannte Politiker, die unter Profilierungszwang leiden, dazu bringen, Horrorszenarien zu verbreiten. Vor allem für Politiker, die von ihrem Versagen im eigenen Land ablenken wollen, werden solche Veranstaltungen eine willkommene Profilierungsplattform sein. Die Politiker in den Industrieländern werden es sich nicht mehr leisten können, ihr Handeln *nicht* in den Dienst unserer Form von Umweltschutz zu stellen. Keiner darf sich gegen Technologie- und Geldtransfers wehren, ohne Angst haben zu müssen, durch mit Bedacht ausgewählte grüne Argumente mundtot gemacht zu werden. Wir müssen die vorhandenen

Schuldgefühle in den Industrieländern verstärken und in unserem Sinne kanalisieren. *Jede* Hausfrau, *jeder* Lehrer, *jede* noch so unwichtige Person muss das Gefühl bekommen, ein Robin Hood in Sachen Umweltschutz zu sein. Sie alle müssen davon überzeugt sein, sie können die Welt retten."

Michail hüstelte. Seine Kehle war schon wieder trocken von der leidenschaftlichen Rede. Er sah seine Gesprächspartner durchdringend an.

„Können Sie sich vorstellen, wie sich diese gesichtslosen und unwichtigen Würmer wehren werden, wenn jemand ihnen diese großartige Profilierungschance wegnehmen möchte, die ihrem langweiligen und sinnlosen Leben plötzlich eine höhere Daseinsberechtigung gibt? Sie haben doch eine einmalige Chance, sich als Weltretter und – verbesserer zu profilieren."

Michail hatte derart inbrünstig und mit kleinen lodernden Flammen in seinen Augen gesprochen, dass Damian und Boris einen Moment unbeweglich da saßen und schwiegen. Der Großvater war der erste, der sich aus der Anspannung löste.

„Das bedeutet aber doch, dass unser Land sich massiv reprofilieren muss", stellte er fest. „Wie sollen wir das glaubwürdig aussehen lassen?"

Sein Enkel richtete sich auf und lächelte wissend.

„Hier kommt mein Urgroßvater ins Spiel", sagte er stolz. „Er war der Jüngste in seinem Amt und hatte die Gabe, die Weltöffentlichkeit zum Zuhören zu bewegen. Als Generalsekretär der mächtigsten Partei der Welt und als Vertreter einer Weltmacht wird er sich leicht Gehör verschaffen können, und zwar *weltweit*. Alle werden ihm zuhören und glauben, dass er anders als seine Vorgänger ist. Die Massen werden ihn lieben, die Politiker aller Couleur werden sich in seiner Nähe sehen lassen wollen und ihm dafür ohne viele Fragen zu stellen, entgegenkommen. Er muss und wird sicherstellen, dass unsere damalige Macht dafür sorgt, dass Europa eine gemeinsame Währung und dadurch einen starken Linksruck bekommt. Der Umweltschutz wird unter seinem starken Einfluss weltweit salonfähig gemacht und unter diesem Aspekt sämtliche Technologien weitergegeben werden. Er muss schlicht und ergreifend dafür sorgen, dass der Umweltschutz sich in unserem Sinne entwickelt und zu einer Art Weltreligion erhoben wird, in deren Namen fast alles erlaubt ist. Dafür muss er seine ganze Energie und Macht einsetzten. Allerdings darf er nicht mehr wie bisher die Ressourcen vergeuden, indem er die Rettung unserer Partei in den Mittelpunkt stellt. Das Auseinanderbrechen unseres Landes wird nicht mehr zu stoppen sein, dafür ist es zu spät. Stattdessen wird er erreichen, dass unsere Ideale und

Ziele über Umwege am Ende trotzdem verwirklicht werden."

„Alles gut und schön", erwiderte Damian sofort. „Aber wie können wir sicherstellen, dass die Idee des Kommunismus weiterlebt? Wie wir wissen, sind alle kommunistischen Regierungen weltweit kurz nach unserem Zusammenbruch verschwunden. Die einzige Ausnahme stellt China dar. Durch ein fast hermetisches Abkapseln vom Rest der Welt konnten sich dort die Genossen an der Macht halten."

„Genau in China müssen wir ansetzen." Michail sprach mit unglaublicher Überzeugung. „Nach dem Zusammenbruch unseres Landes hatten die USA keinen ernstzunehmenden Gegenspieler mehr. Es gibt weiterhin die eine oder andere regionale Macht, eine Weltmacht hat sich jedoch nicht mehr entwickeln können. Die USA dominieren zusammen mit dem kleinen Bruder EU uneingeschränkt die Welt. Das einzige Land, das eine Chance hat, sich dagegen wehren zu können, ist China."

„Wie soll das erreicht werden?", fragte Damian wenig überzeugt. „Die waren schon immer sehr stark unterentwickelt. Mao hat damals das Land in den Ruin getrieben, und es hat sich nie wieder erholt! Von alleine wird es nie Weltniveau erreichen."

„Stimmt schon", nickte der Junge. „Von alleine schaffen sie es nicht, da gebe ich Ihnen Recht! Wir haben zwei mächtige Verbündete: die kapitalistische Gier und die charakteristische chinesische Fügsamkeit."

„Wie meinst du das?", fragte Großvater. „Das verstehe ich nicht. Ich stimme dir zu, die menschliche Gier ist unbegrenzt, die chinesische Fügsamkeit fast auch. Aber wie können diese uns dienen?"

„Die chinesische Bevölkerung stellt ungefähr ein Viertel der damaligen Wertbevölkerung dar. Ein riesiger Markt!", erörterte Michail. „Dieser hat einen immensen Nachholbedarf an allem! Geschirr, Kleidung, Elektronik, Wohnungen, Autos und so weiter .... Dieser Markt ist aber heute immer noch nicht zugänglich von außen. Wenn das passieren würde, wäre das ein Riesenschub für die Weltwirtschaft. Diese Situation hatten wir schon Anfang der 1980er Jahre, als es in den westlichen Volkswirtschaften mal wieder kriselte. Damals schon schielten sie mit gierigen Augen nach China hinüber. Den Kapitalisten bot das Land gleich zwei einmalige Chancen: ein riesiger Verbrauchermarkt und eine riesige Werkstatt mit unschlagbar billigen und schier zahllos vorhandenen Arbeitskräften."

Der Große Vorsitzende wiegte bedenklich den Kopf hin und her und runzelte die Stirn.

„Warum sollten wir annehmen, dass die chinesischen Genossen eine andere Politik betreiben würden, als sie es gewohnt sind?"

Man sah es Damian an, dass er intensiv nachdachte. Er stellte seine Frage nicht, um Michails Gedanken zu torpedieren, sondern um sich ein ihm fehlendes Teilchen im Puzzle zu beschaffen. Er war lange über dem Status hinweg, in dem er noch kontrovers argumentierten wollte. Er war mit Herz und Seele dabei und wollte nur sicher sein, dass er alles richtig verstand.

„Die pure Not wird sie dazu bringen", antwortete Michail. „Als Genosse Mao starb, war das Land am Ende. Es besaß keine moderne Wirtschaft und es hatte den technologischen Anschluss völlig verpasst. Hinzu kamen die Nachwehen der Ein-Kind–Politik. Die Bevölkerung veraltete zunehmend, die Partei konnte die sozialen Systeme nicht mehr am Leben erhalten. Die Bevölkerung verarmte immer weiter und zeitweise sind - wie wir wissen - verheerende Hungersnöte ausgebrochen. Das einzig Gute an der 1-Kind-Politik war, dass eine schrumpfende Bevölkerung weniger Arbeitsplätze brauchte und so die Nachteile der schrumpfenden chinesischen Wirtschaft ausgleichen konnte."

„Warte mal", fiel Damian Michail ins Wort. „Nach Mao wurde doch Deng Xiaoping für lange Zeit der mächtigste Mann Chinas, oder? Der Westen hatte damals viele Hoffnungen in ihn gesetzt, weil er schon unter Mao eine Politik der Reformen versucht hatte. Er fiel deshalb in Ungnade, oder?"

„Du hast Recht, mein Freund!", sagte Boris.

Boris hatte die ganze Zeit zugehört, ohne ein Wort zu sagen. Das war typisch für ihn: sich in den Hintergrund ziehen, zuhören, kombinieren und dann etwas Wichtiges oder Entscheidendes zu äußern. Deshalb schätzte ihn Damian so sehr.

„Deng war ein Pragmatiker und das wäre gut für uns", überlegte Boris. „Wenn er im richtigen Augenblick die richtigen Denkstöße bekäme, dann würde er das Richtige tun. Wir müssten dafür sorgen, dass er weiß, wo es hinführt, wenn er unseren Vorschlägen nicht nachkommt. Das dürfte nicht schwierig werden, denn unsere Vorschläge würden auch für ihn auch ein paar Probleme lösen. Arbeitsplätze sichern Ruhe im Land und sorgen dafür, dass der Staat sich besser finanzieren kann."

„Ich verstehe nicht ganz, was ihr meint", beeilte sich Damian zu verkünden, bevor die beiden weitermachten. „China ist ein kommunistisches Land, warum sollte der Westen seine Entwicklung unterstützen? Vergesst doch bitte nicht, dass es seit dem Kalten Krieg ein Wirtschaftsembargo des Westens gegen alle Brüderländer gab. Man durfte damals nicht mal einen PC in ein kommunistisches Land exportieren, ohne ins Gefängnis zu kommen!"

„Hier kommt unser zweiter Verbündeter ins Spiel: die kapitalistische Gier. Wir werden den Feind mit seinen eigenen Waffen schlagen."

Eine Pause entstand, in der die Worte wirkten. Michail wartete bewusst ein paar Sekunden, bis er weiter sprach.

„Anfang der 1980er Jahren hatte der Westen massive Probleme. Die Wirtschaft wuchs nicht mehr, weil alle üblichen Absatzmärkte saturiert waren. Die sogenannten armen Länder konnten sich sowieso nicht die teuren westlichen Waren leisten. Gleichzeitig hatte die Industrie keine Chance, den Anforderungen der mächtigen Gewerkschaften auszuweichen. Sie musste alles akzeptieren, was diese verlangten. Eine Öffnung Chinas würde den Kapitalisten einen mächtigen Gewinnschub bescheren. Sie würden plötzlich endlich diesen schier endlosen Verbrauchermarkt bedienen und sogar in China produzieren können. Dadurch könnten sie die Gewerkschaften zu Hause in Schach halten, da sie andernfalls Arbeitsplätze nach China verlagern würden. Genau diese Gier wird dafür sorgen, dass jegliche politische Überlegungen vom Tisch gewischt werden. Ein Technologietransfer ohne Gleichen würde stattfinden, denn alle westlichen Unternehmen brächten ihr Wissen nach China kostenlos mit. Hauptsache sie können hier schnell so billig wie möglich produzieren. Das wird den Westen schwächen und China reich und mächtig machen. Dadurch werden wir es schaffen, dass die kommunistische Partei in China zur mächtigsten der Welt wird. Sie wird in kürzester Zeit über die notwendigen Technologien und Mittel verfügen, um sich als ernstzunehmende Weltmacht zu etablieren. Der Kapitalismus wird an seiner eigenen Gier ersticken und zu spät merken, dass er auf Dauer seinen Feind stark und mächtig macht."

„Einen Haken hat das Ganze dennoch", sagte Damian. „Die Arbeiterklasse in den Industrieländern wird darunter leiden. Eure Überlegung sorgt dafür, dass die Kapitalisten die Arbeiter in den verschiedenen Ländern eine Zeit lang gegeneinander ausspielen können, um noch reicher zu werden. Das können wir nicht zulassen."

„Kurzfristig hast du Recht", antwortete Boris. „Aber langfristig werden alle Arbeiter durch unseren Sieg gleichgestellt. Wir dürfen nicht vergessen, dass kein Sieg ohne Opfer errungen werden kann. Wir alle müssen unser Opfer bringen, damit wir dem Kommunismus zum Endsieg verhelfen können. Oder soll ich ab sofort nur noch den Begriff „Umweltschutz" verwenden?"

Boris sagte den letzten Satz mit einem schelmischen Augenzwinkern. Für eine Sekunde schauten sich alle drei an und dann lachten sie gemeinsam herzhaft. Es schaute so aus, als ob sie zum ersten Mal einen erfolgversprechenden Plan hatten. Vielleicht war der Plan ungewöhnlich oder gar verrückt? Aber warum sollte er nicht klappen? Sie hatten die besten Ausgangsvoraussetzungen und mussten zum Teil nur Projekte unterstützen, die ohnehin schon angestoßen waren:

Aus der EU eine zweite EUdSSR machen; …

die unermessliche Gier der Kapitalisten einsetzen, um aus dem einzig verbleibenden kommunistischen Land eine unbesiegbare Weltmacht zu schaffen, die sogar den USA die Stirn bieten könnte; …

dem Ego des kleinen Mannes im Westen eine Plattform geben, um sich als Retter des Planeten zu profilieren; …

alle anderen, die sich mit sachlichen Argumenten dagegen wehren, mundtot zu machen. 'Wer nicht für uns ist, ist gegen uns.' -

Boris, Damian und Michail schauten einander lange und ernst an. Michail erkannte in den Gesichtern der beiden Alten eine besondere Zufriedenheit. Es war eine Zufriedenheit, die nur durch die noch größeren Hoffnungen übertroffen wurde, die beide hegten und fast körperlich zu verspüren schienen. Plötzlich sagte Damian: „Das hört sich nach einem guten Plan an, oder?"

Boris nickte, ohne ein Wort zu sagen. Michail atmete tief ein und verkündete: „Na, dann mache

ich mich sofort auf den Weg, sobald unsere Tech-
niker soweit sind."

Kapitel 10

Boris stand auf der Veranda und schaute sich wie immer die Berge an. Michail war schon seit drei Jahren weg und er vermisste ihn so sehr, dass ihm jeder Gedanke an ihn körperliche Schmerzen bereitete. Damian kam immer wieder mal vorbei, um ihm Gesellschaft zu leisten und ihn von seiner Trauer etwas abzulenken. Obwohl beide jedes Mal versuchten, das Thema nicht anzusprechen, waren sie spätestens nach wenigen Minuten bei der schmerzenden Frage angelangt: „Warum? Warum hat es auch dieses Mal nicht funktioniert?"

Natürlich hatten sie alle Berichte gelesen, die Michail ihnen auf dem üblichen Weg zukommen ließ. Und natürlich hatte Michail zuverlässig alles bis ins kleinste Detail sehr gut beschrieben und analysiert. Dass sie wieder versagt hatten, konnten beide trotzdem nicht begreifen. Ihre Verbitterung war groß, denn durch ihr Tun war die heutige Welt ein grauenvoller Ort geworden. Daran wurden sie von morgens bis abends erinnert, auch wenn sie es gerne für einen Moment vergessen wollten. Der Blick auf die Berge war nicht mehr klar und herrlich wie früher. Er war trüb, als ob man durch Milchglas schaute. An manchen Tagen konnte man das Tal gar nicht sehen. Der Smog war viel zu dick.

Boris war so in seine Gedanken versunken, dass er Damian erst bemerkte, als dieser schon auf der Veranda stand und ihm seine Hand auf die Schulter legte.

„Hallo, mein Freund", grüßte Damian mit schwerer Stimme. „Wie geht es dir heute?"

„So wie immer", antwortete Boris mit trauriger Stimme.

Sie setzten sich auf die Bank und saßen für eine Weile nebeneinander, ohne etwas zu sagen. Irgendwann brach Damian die Stille und es platzte aus ihm heraus: „Was haben wir dieses Mal übersehen? Wir hatten einen verdammt guten Plan und anfangs lief auch alles sehr gut für uns!"

„Das stimmt", antwortete Boris schwach, „die ersten Jahre lief alles bestens, sogar besser als gedacht. Die Grünen sind zu einer wichtigen Partei geworden, die mehr mitbestimmen konnten, als ihnen durch den Stimmenanteil zustand. Sie schafften es hervorragend, sich als unangefochtener Moralapostel zu profilieren und dafür zu sorgen, dass die Mehrheit vergaß, diese Partei nie gewählt zu haben. Alles, was grün war, war per Definition richtig und durfte von niemanden hinterfragt werden, ohne befürchten zu müssen, dass er an den Rand der Gesellschaft gedrängt wurde und seine berufliche Zukunft abschreiben durfte."

Wieder schwiegen sie für eine Weile, wie immer. Sie versuchten sich vorzustellen, wie schön alles gewesen wäre, wenn diese Entwicklung von Dauer gewesen wäre.

Damian riss Boris aus seinen schönen Gedanken: „Ja, ja, wir hatten es sogar geschafft, überall auf der Welt ähnliche Parteien zu gründen, die das gesellschaftliche Leben stark beeinflussten. Wie Michail es vorhergesagt hatte, kam uns die Tatsache zugute, dass diese Parteien keine Vergangenheit hatten. Sie waren ein unbeschriebenes Blatt und ritten auf der grünen Welle ganz vorne. Wir hatten wieder die Wahrheit gepachtet und waren deren unantastbarer Wächter. Unsere Bewegung wurde wieder von den Massen getragen! Das Schönste war, dass wir dieses Mal keinen riesigen und kostspieligen Überwachungsapparat benötigten, um Andersdenkende unter Kontrolle zu halten. Es funktionierte ganz von alleine, wie ein Perpetuum Mobile. Wenn die innere Kontrolle des Einzelnen nicht mehr den Vorgaben entsprach, dann wurde dieses Individuum instinktiv von der Gesellschaft ausgeschlossen. Das funktionierte mit chirurgischer Präzision. Die Medien profilierten sich zu einer Art Umwelt- und Umverteilungspolizei. Jeder Talkmaster, jeder Redakteur wusste, dass es Quoten bringt, wenn man Abweichler an den Pranger stellte. Es war für die sogar wie ein Sechser im Lotto, wenn sie einen Prominenten als Abweichler vorführen konnten. Die Quoten stiegen ins Unermessliche!"

„Und das alles mit dem geringstmöglichen Aufwand", fügte Boris mit Stolz hinzu. „Das schonte unsere Ressourcen enorm und wir konnten uns darauf fokussieren, diese Rolle so gut wie möglich abzusichern. Wir hatten es sogar geschafft, das kollektive Schuldgefühl der Deutschen wegen des Zweiten Weltkrieges aufrechtzuerhalten, ja sogar verstärkt auf zukünftige Generationen zu übertragen. Dadurch hatten wir uns dauerhaft eine sichere und sprudelnde Finanzierungsquelle gesichert. Es lief alles wie geschmiert. Die kostenlose Wissensübertragung in die ärmeren Länder funktionierte ebenso dauerhaft und reibungslos. Jeder, der es wagte, dagegen zu protestieren wurde mit drakonischer Effizienz von den Medien und dem persönlichen Umfeld mundtot gemacht. Unser Plan lief einfach perfekt!"

Boris seufzte. Erneut trat eine kurze Stille ein, die – wie fast immer – Damian unterbrach.

„Das Schönste war, als die USA ihre Weltmachtposition verloren hatten und endgültig ins Chaos stürzten. Als die Latinos durch ihr Volksbegehren Spanisch als offizielle Amtssprache durchgesetzt hatten, war die letzte Waffen der USA deaktiviert: niemand auf der Welt wollte sich noch Hollywood–Filme auf Spanisch anschauen. Der endgültige Todesstoß kam aber durch die Unmengen von Einwanderern aus Lateinamerika, die wegen entsprechenden Gesetzesänderungen jetzt sogar ohne Sprachprobleme einreisen konnten. Sie brachten das Geschäftsgebaren ihrer Ländern mit, das traditionell auf Korruption basierte."

„Ja", antwortete Boris gedehnt, als würde er diesen Gedanken genießen, ihn bis zuletzt auskosten, „das war wirklich schön! Leider lief in China alles anders als geplant. Das Land stieg zwar zur Weltmacht Nummer 1 auf und diktierte ohne jegliche Rücksicht das Geschehen in der Welt. Kein Land der Welt konnte es sich leisten, sich wirtschaftlich oder gar militärisch mit China anzulegen. Die Partei trug zwar in ihrem Namen noch die Bezeichnung 'kommunistisch', war aber zum übelsten Kapitalisten aller Zeiten aufgestiegen. Es wurde zum einzigen Land auf der Welt, in dem wir keine Umverteilung von oben nach unten bewerkstelligen konnten. Im Gegenteil, der Transfer von unten nach oben ging über Jahrzehnte ungebrochen weiter. Eine dünne Schicht wurde unglaublich reich, während die überwiegende Mehrheit hungern musste. Es war das einzige Land auf der Welt, in dem eine grüne Bewegung unseres Stils keinen Fuß fassen konnte."

„Und genau diese Kombination hat sich als tödlich erwiesen für die damaligen Machthaber", führte Damian Boris' Erzählung weiter auf. „Irgendwann herrschten in China schlimmere Ver-

hältnisse als in unserem Land zu Zeiten der Oktoberrevolution. Hinzu kam eine katastrophale Umweltverschmutzung, die weltweite Auswirkungen
hatte. Irgendwann kam es zum Unvermeidbaren:
Eine blutige Revolution, die das Land in einen
jahrzehntelangen Bürgerkrieg stürzte. Die Machthaber hatten ausreichend Geld und militärische
Macht, um sich erfolgreich mit beispielloser Bruta-
lität sehr lange Zeit gegen die Mehrheit wehren zu
können. Zwar gewannen am Ende die Massen,
allerdings war das Land inzwischen nicht nur
wirtschaftlich am Boden, sondern wegen der Umweltverschmutzung nicht mehr in der Lage, sich
selbst zu ernähren. Dadurch verschwand die letzte
offizielle kommunistische Macht, bevor wir unser
eigenes Land wieder richtig stark machen konnten."

Damians Stimme klang beim letzten Satz verbit-
tert.

„Das war der Anfang vom Ende unserer Strategie", stellte Boris fest und seufzte tief. „Trotz perfekt organisierter gesellschaftlicher Kontrolle er-
gänzt durch eine sehr gut funktionierende Selbst-
kontrolle, fingen einzelne Individuen an, gegen
unsere Politik zu rebellieren. Die Entwicklung in
China war für uns auch in dieser Hinsicht kata-
strophal. Denn auch dort war eine Partei, die nicht
von der Mehrheit getragen wurde, zum Moralapostel avanciert. Irgendwann begannen die Mas-

sen, für die Meinungsfreiheit und Rechte der Mehrheit zu kämpfen. Sie wollten nicht mehr so einfach hinnehmen, dass eine kleine Minderheit bestimmen darf, was richtig oder falsch ist. Der blutige Kampf in China rüttelte viele überall auf der Welt wach. Sie wollten es nicht soweit kommen lassen, dass die alles bestimmende grüne Minderheit irgendwann auch über die militärische Macht verfügt und so wie in China diese in ihrem Sinne einsetzt. Der Widerstand begann im Kleinen. Am Anfang wurde es salonfähig, die grünen Ziele in Frage zu stellen, zu hinterfragen, ob alles so richtig sei. Die Medien, die wie immer quotengierig waren und keine Skrupel hatten, fingen vorsichtig an, öffentliche Kritik zuzulassen. Als sie merkten, dass ihre Quoten dadurch in den Himmel schossen, waren die Dämme gebrochen. Plötzlich gehörte es zum guten Ton, jegliche Vorgabe unserer Politik zu hinterfragen. Die Massen trugen unsere Philosophie trotz des grünen Gewandes nicht mehr mit. Einzelne Personen wollten sich nicht mehr als ein Teil der Masse fühlen, sondern als Individuen behandelt werden. Der menschliche Egoismus war wieder auf dem Vormarsch. Leistung sollte sich wieder lohnen, jeder wollte einen so hohen Lebensstandard wie früher haben. Alle wollten plötzlich wieder in den Urlaub verreisen, große Autos fahren und nichts mehr für diejenigen bezahlen, die zum Wohle der Gesellschaft nichts beitragen wollten oder konnten. Die Welt war außerdem orientierungslos, weil es keine Weltmacht mehr gab. Jedes größere Land versuchte, der neue Trendsetter zu werden. Das machte es uns unmöglich, durch gezielte Maßnahmen weltweite Maßstäbe zu setzten. Unser Versuch, über Deutschland diese Maßstäbe zu definieren, scheiterte kläglich. Durch unser eigenes Zutun waren die Deutschen nicht bereit, eine Führungsrolle zu übernehmen, geschweige denn ihre Maßstäbe für allgemeingültig zu erklären."

Diese Gespräche waren für die beiden alten Herren wie immer sehr schmerzlich. Obwohl sie jedes Mal versprachen, nie wieder darüber reden zu wollen, konnten sie es nicht lassen und wurden regelmäßig zu Wiederholungstätern. Sie hatten alles versucht, alles gegeben, aber das war nicht genug. Ihr letzter Plan funktionierte anfangs unerwartet gut. Trotzdem waren diese verdammten Massen nicht in der Lage zu erkennen, dass ihre Partei besser als sie wusste, was für den kleinen Mann gut oder schlecht war. Sie pochten auf individuelle Entfaltung, auf das Recht der eigenen Meinung, auf das Recht, alles infrage zu stellen, was 'von oben' diktiert wurde. Dabei vergaß die Masse doch, dass sie nicht das gesamte Bild hatte, dass sie nicht an das ganz Große dachte.

„Diese verdammten Idioten!" Damian konnte sich einen Fluch nicht verkneifen! „Dieses undankbare Pack! Wir haben alles für ihr Wohl getan, wir haben unser Leben geopfert, damit sie es besser haben, und das ist der Dank dafür!?"

Boris legte sanft seine Hand auf den Arm seines Freundes. Eine tröstende Geste, die sie einander schenkten, ohne den Schmerz wirklich lindern zu können.

„Und als ob das alles nicht ausreichend war, verloren wir am Ende auch Europa", sagte Boris in die Stille hinein. „Unsere intensive Einwanderungspolitik erwies sich als Zeitbombe. Die Sozialsysteme wurden auf dem ganzen Kontinent viel zu stark belastet, so dass sie am Ende zusammenbrachen. Die schlechte Ausbildung der Einwanderer und deren Weigerung über Generationen hinweg, sich anzustrengen und einen höheren Schulabschluss als erstrebenswert zu erachten, führten zu einem chronischen Mangel an Fachkräften. Schließlich schafften es deren Frauen, was ihre Vorfahren Jahrhunderte zuvor mit Waffengewalt nicht fertiggebracht hatten: Sie eroberten den Kontinent über Generationen hinweg mit vielen Kindern. Am Ende wurden die Einheimischen zu einer Minderheit im eigenen Lande. Da die Einwanderer sich vehement weigerten, sich zu integrieren und die mittelalterliche Interpretation ihrer Religion nicht modernisieren wollten, kam es zu sozialen Spannungen, die nicht selten in Massenschlachten endeten. Das führte dazu, dass die Elite des Landes und die gut ausgebildeten Fachkräfte selbst zum Auswanderer wurden. Damals waren die USA immer noch eine interessante Alternative, die Fachkräfte aus der ganzen Welt anzog. Dadurch rutschte Europa irgendwann ab und erstickte an importierter Korruption, schlechter Ausbildung und hohen Transferleistungen. Im ersten Schritt stoppten die Kinder der Einwanderer jegliche Transfers in andere Regionen der Welt, um ihren noch vorhandenen Wohlstand zu retten. Außerdem waren sie sowieso schon immer gegen diese Transferleistungen - selbst gegen die in ihre alte Heimat. Sie sahen nicht ein, dass die Daheimgebliebenen den gleichen Lebensstandard genießen sollten, ohne die Herausforderungen einer Auswanderung gemeistert zu haben. Das empfanden sie als ungerecht. Sie fühlten sich ihrer alten Heimat gegenüber moralisch in keiner Weise verpflichtet. Sie waren froh, dem Elend entkommen zu sein und Schluss! Als sie die Mehrheit darstellten und feststellten, dass sie sich diese Transferzahlungen nicht mehr leisten konnten, machten sie ohne großen Widerstand in der Bevölkerung kurzen Prozess. Es war jedoch zu spät, die Wirtschaft wurde über Generationen hinweg stiefmütterlich behandelt. Sie war heruntergekommen, die Leistungsträger waren ausgewandert. Sie wurde auf Teufel komm raus aufgepäppelt, damit Arbeitsplätze gesichert werden konnten. Der Umweltschutz und alle andere Ideale, die wir so mühsam als allgemeingültig in die Köpfe der Massen implementiert hatten, wurden kurzerhand über Bord geworfen. Ein brachialer Überlebenskampf zwischen den einzelnen Ländern brach aus. Alle suchten ihr Heil in einem Raubtierkapitalismus ohne gleichen. Die Banken und mächtige Konzerne übernahmen die Macht, die Politiker wurden endgültig zu deren Marionetten. Eine beispiellose Ausbeutung von Mensch und Natur brach los. Das fand sogar eine breite Basis in der Gesellschaft, die jegliche Abweichung zur bisherigen Ideologie und Ähnlichkeit zu früher per Definition als gut fand. Dass die Umwelt darunter leiden musste, war nicht das Schlimmste aus meiner Sicht, auch wenn wir selber sogar hier oben darunter leiden müssen. Das Schlimmste war für mich die Abschaffung der sozialen Netze gewesen. Jeder war wieder wie zu Zeiten der Industrialisierung auf sich selbst gestellt. Eine Solidarität der Gemeinschaft war verpönt. Fressen oder gefressen werden, Leistung und persönliche Freiheit waren die einzigen noch gültigen Dogmen. Auf der Strecke blieben die Umwelt und die Leistungsschwachen, die jetzt keine Lobbyisten mehr hatten. Im Gegenteil es gehört nun zum guten Ton, beide soweit es nur geht auszubeuten."

„Wenn man darüber ehrlich nachdenkt, war die Gesellschaft vor unserem Versuch, die Geschichte in unserem Sinne zu verändern, unseren Zielen viel näher als jetzt." Boris bereitete dieser Satz sichtliche Schmerzen. Sein Gesicht verzog sich und seine Faust ballte sich zusammen, bis sie ganz weiß wurde.

Damian schaute seinen Freund an und fand keine Worte, um ihn zu trösten. Er zog es vor, wieder einmal zu schweigen. Und es verging geraume Zeit, bis er mit bemüht fröhlicher Stimme sagte: „Was soll es? Wir haben es zumindest versucht, Boris! Wir sind jetzt alt genug und werden nicht mehr so lange darunter zu leiden haben. Da wir keine Kinder haben, können wir endlich auch an uns denken. Es ist dumm gelaufen und andere müssen damit zurechtkommen. Das ist das Schöne daran, wir sind fein raus. Lass uns etwas trinken gehen, mein Freund."

Zitate

Alle Zitate sind aus dem Buch „Rote Lügen im grünen Gewand – Der kommunistische Hintergrund der Öko-Bewegung" von Torsten Mann, erschienen im Kopp Verlag.

Schauen wir uns zuerst an, was Peter Schott als Mitglied im Koordinierungsrat Umweltpolitik der SED/PDS 1992 sagte:

„Die Überwindung des Kapitalismus und die Verwirklichung sozialistischer Zielvorstellungen kann unter anderem nur mit einem tiefgreifenden ökologischen Umbau der Gesellschaft erreicht werden. Ökosozialismus ist ein möglicher Begriff ..."

„... Nachdem im Verlauf der 1970er Jahre und besonders im „Deutschen Herbst" von 1977 klar wurde, dass sich die bürgerliche Gesellschaftsordnung der Bundesrepublik mit außerparlamentarischen Aktivitäten allein nicht beseitigen ließ, also weder mit revolutionären Krawallen, Sitzblockaden oder Hausbesetzungen noch durch Terroranschläge und auch nicht durch die politische Agitation der K . Gruppen, schlossen sich die Nachfolgebewegungen der 68er-Revolte im Januar 1980 in Karlsruhe zur neuen Partei „Die Grünen" zusammen .... Rudi Dutschke, der „Lenin" der 68er-

Bewegung, und der aus der DDR rübergemachte SED–Genosse Rudolf Bahro riefen die Mitglieder verschiedener kommunistischer Organisationen dazu auf, aus den K–Gruppen aus- und in die neue grüne Partei einzutreten. Diesem Aufruf entsprechend verließ nicht nur Antje Vollmer das Umfeld der maoistischen KPD/AO, um zu den Grünen zu wechseln, es folgten vom Kommunistischen Bund (KB) unter anderem auch Jürgen Trittin, Rainer Trampert, Jürgen Reents und Thomas Ebermann. Vom Kommunistischen Bund Westdeutschland (KBW) kamen unter anderem Reinhard Bütikofer, Winfried Nachwei, Krista Sager, Joschka Schmierer, Ralf Fücks, Winfried Kretschmann, Hermann Kuhn, Wilfried Maier und Dieter Mützelburg. Auch einige der RAF-Verteidiger wurden Mitglieder der Grünen, wie zum Beispiel Klaus Croissant, Hans–Kristian Ströbele und Otto Schily, der später zur SPD wechselte. Selbst einigen Mitgliedern der Frankfurter Spontis, die bisher nur durch regelmäßige Prügeleien mit der Polizei aufgefallen waren, stand in der grünen Partei eine steile Karriere bevor, so beispielsweise Daniel Cohn-Bendit und Joschka Fischer. Letzterer wechselte übrigens keineswegs aus umweltbewegter Überzeugung zu der grünen Partei, denn noch 1978 interessierte er sich, nach eigenem Bekunden, nicht für Atomkraftwerke, weil er sich persönlich betroffen fühle, sondern: „Es ist allein die Einsicht in die Alternativlosigkeit zu diesem Übergang, der mich für die

Grünen stimmen lässt." Laut der Ökosozialistin und Feministin Jutta Ditfurth wollten die damaligen Parteigründer „das Thema Ökologie von links besetzen". Und sie erklärte: „Bei den Grünen schienen uns die Voraussetzungen am günstigsten" ....

... „Während sich Gorbatschow im Jahre 1990 mit den Worten – 'Ich bin jetzt, so wie ich es immer war, ein überzeugter Kommunist' - ... beantwortete er die Frage nach seinen aktuellen politischen Aktivitäten im November 1993 wie folgt: ...-'Ich habe eine andere politische Rolle übernommen (...) Ich habe die Verbindung mit der Vergangenheit nicht aufgegeben (...) Ich arbeite an denselben Problemen wie vorher'- „ (...) Die Massenmedien müssen eine entscheidende Rolle bei der Ökologisierung des Bewusstseins spielen, wenn es darum geht, besonnene Verbraucher heranzuziehen, die bereit sind, sich Beschränkungen aufzuerlegen, um die Biosphäre zu schützen' (...) Diese – ökologische Unterweisung - soll, so Gorbatschow, - bereits auf der Schulbank beginnen und sich ein Leben lang fortsetzten."

Über tredition

Der tredition Verlag wurde 2006 in Hamburg gegründet. Seitdem hat tredition Hunderte von Büchern veröffentlicht. Autoren können in wenigen leichten Schritten print-Books, e-Books und audio-Books publizieren. Der Verlag hat das Ziel, die beste und fairste Veröffentlichungsmöglichkeit für Autoren zu bieten.

tredition wurde mit der Erkenntnis gegründet, dass nur etwa jedes 200. bei Verlagen eingereichte Manuskript veröffentlicht wird. Dabei hat jedes Buch seinen Markt, also seine Leser. tredition sorgt dafür, dass für jedes Buch die Leserschaft auch erreicht wird

Autoren können das einzigartige Literatur-Netzwerk von tredition nutzen. Hier bieten zahlreiche Literatur-Partner (das sind Lektoren, Übersetzer, Hörbuchsprecher und Illustratoren) ihre Dienstleistung an, um Manuskripte zu verbessern oder die Vielfalt zu erhöhen. Autoren vereinbaren unabhängig von tredition mit Literatur-Partnern die Konditionen ihrer Zusammenarbeit und können gemeinsam am Erfolg des Buches partizipieren.

Das gesamte Verlagsprogramm von tredition ist bei allen stationären Buchhandlungen und Online-Buchhändlern wie z.B. Amazon erhältlich. e-Books stehen bei den führenden Online-Portalen (z.B. iBookstore von Apple) zum Verkauf.

Seit 2009 bietet tredition sein Verlagskonzept auch als sogenanntes "White-Label" an. Das bedeutet, dass andere Personen oder Institutionen risikofrei und unkompliziert selbst zum Herausgeber von Büchern und Buchreihen unter eigener Marke werden können.

Mittlerweile zählen zahlreiche renommierte Unternehmen, Zeitschriften-, Zeitungs- und Buchverlage, Universitäten, Forschungseinrichtungen, Unternehmensberatungen zu den Kunden von tredition. Unter www.tredition-corporate.de bietet tredition vielfältige weitere Verlagsleistungen speziell für Geschäftskunden an.

tredition wurde mit mehreren Innovationspreisen ausgezeichnet, u.a. Webfuture Award und Innovationspreis der Buch-Digitale.

tredition ist Mitglied im Börsenverein des Deutschen Buchhandels.

Zeitfracht Medien GmbH
Ferdinand-Jühlke-Straße 7
99095 Erfurt, Deutschland
produktsicherheit@kolibri360.de